Darius H. Hamudi
Beinahe Liebe

AF203043

Wie viele Geschichten wurden schon über die romantische Liebe geschrieben?

»Beinahe Liebe« widmet sich nicht dem Honeymoon, sondern erzählt von ihrem Holpern und Stolpern.

Die einzelnen Erzählungen fügen sich zu einem Mosaik zusammen und spiegeln das Bild einer zersplitternden Zeit, in der die Menschen nur noch zueinanderfinden, wenn sie über ihren eigenen Schatten springen.

Liebe? Beinahe.

Darius H. Hamudi

Beinahe Liebe

Erzählungen

 tredition®

Originalausgabe

tredition GmbH, Halenreie 40-44,
22359 Hamburg (Verlag und Druck)
© 2019 Dareusch Hamidzadeh Hamudi, Köln –
Alle Rechte vorbehalten, dies gilt insbesondere für die
elektronische oder sonstige Vervielfältigung, Übersetzung,
Verbreitung und öffentliche Zugänglichmachung.
Das Foto auf Seite 151 ist gemeinfrei/public domain
(Wikimedia Commons).
Umschlagbild und -gestaltung:
Harald Tobies, TOBIES-ART, Brühl im Rheinland
Satz: Uhl + Massopust, Aalen
ISBN: 978-3-7482-8075-0 (Paperback)
ISBN: 978-3-7497-2072-9 (e-Book)

Inhalt

Cowboy 2.0

Joe war Cowboy, auch wenn er mit seiner Baseballkappe inkognito unterwegs war. Für Cowboys waren die fetten Jahre vorbei. Die Medien hatten die bewaffneten Viehhirten einfach fallengelassen, sodass sie fortan im Geheimen wirkten. Joe deckte amerikanische Fresstempel im Umkreis von 200 Kilometern ab. Doch trotz des geschrumpften Radius war seine Wirkung ungebrochen. Er betrat den Laden wie einen Saloon ohne Schwingtür. Der weibliche Teil der schlecht besoldeten Armee registrierte ihn aus den Augenwinkeln, begann sich hektisch an den Uniformen zu zupfen und stellte feminines Desinteresse zur Schau. Einzig Isabelle begrüßte ihn mit einem scheuen Lächeln. Sobald sie ihn auf dem Parkplatz kommen sah, legte sie verstohlen neuen Lippenstift auf, – zum Glück hatte Sadin es nicht bemerkt. Die Anderen nannten ihren Schichtführer aus Jordanien immer Kameltreiber. Nur Isabelle benutzte seinen richtigen Namen.

Joe hieß eigentlich Joachim. Er hatte einen Ein-Mann-Betrieb gegründet, war Unternehmer und Fensterputzer. Noch nie hatte er ein Foto von sich gepostet, nicht einmal auf seiner Homepage. Echte Cowboys taten so etwas nicht und sahen in Jeans und altem T-Shirt einfach gut aus, auch ohne darüber nachzudenken. Am Western-Gürtel baumelten seine Utensilien: Abzieher und Einwascher, Spritzflasche und Leder. Mehr brauchte er nicht, um Fans und Fenster klarzumachen. Er arbeitete hoch konzentriert und schien dabei alles um sich herum zu vergessen. Das Putzen war ein kleines Schauspiel in drei Akten, denn dreimal ging er vor jeder Scheibe langsam in die Knie. Zunächst spritzte er lässig und mit verschwenderischer Üppigkeit die Lösung auf die Scheibe. In der Schulung hatten sie gepredigt, die Scheibe solle sparsam mit dem Einwascher benetzt werden... Nein, niemals würde er seine Spritzpistole gegen einen Eimer eintauschen. Joe liebte es, wenn es schäumte und triefte und ohne Pistole machte auch die größte Scheibe keinen Spaß! Als sie richtig nass war, richtete er sich auf und das Ballett konnte beginnen.

Leichtfüßig tanzte der Abzieher in seiner Rechten, er setzte in der Mitte an, zart und anscheinend absichtslos, drehte das Handgelenk aus und erreichte mit weichem Schwung die linke obere Ecke. Mit sanftem Druck glitt er flüssig ins rechte obere Eck und drehte dabei unmerklich wieder ein. Dann drehte er wieder aus und zog kraftvoll nach unten, um sofort wieder mit einem Ruck die Richtung zu ändern und im schönen Bogen auf die andere Seite zu gleiten. Synchron folgte etwas unterhalb der Einwascher in der linken Hand den geschmeidigen Bewegungen und fing wie ein Sprungtuch jeden Tropfen auf, der herabfloss. Zuletzt griff er zu seinem weichen Lederlappen, polierte die Scheibe an wenigen Stellen sorgfältig nach und lächelte zufrieden. Jeden einzelnen Quadratmillimeter bearbeitete er so, einen nach dem anderen, glitt in sanften Wellen hin und her, drehte ein und drehte aus, so lange bis es leuchtete und blitzte. Alle Blicke folgten gebannt der verführerischen Eleganz seiner Bewegungen.

Sadin aß gerne Pommes und hatte einen dicken Bauch. Aber er war trotzdem flink, behielt stets den Überblick und war sofort zur Stelle, sobald jemand ihn brauchte. Der Name Sadin bedeutet: Pflanze, die in der Wüste wächst. Wenn Sadin Bestellungen entgegennahm, erschien er dabei so erhaben, souverän und großmütig wie ein Sultan.

Trotzdem war er sich für nichts zu schade, auch nicht für den Müllraum. In Wahrheit war er nicht nur Kameltreiber, sondern auch Kamel.

Nachdem Joe die letzte Scheibe gereinigt hatte, legte Sadin ihm den Arm auf die Schulter und geleitete ihn auf eine Zigarette nach draußen. Das war der Moment, auf den die weiblichen Fans die ganze Zeit gelauert hatten.

»Kaffee?« – »Orangensaft?« – »Cola?«

Von allen Seiten kamen die Angebote. Joe hatte die freie Auswahl und jede Woche wählte er einen anderen Drink. »Einen Kaffee.« Isabelle horchte auf. »Kingsize.« Das war ihr Zeichen. Das Schicksal hatte es so gewollt!

Joe hielt die Zigarette zwischen Daumen und Zeigefinger, in der anderen Hand den Pappbecher. Er leckte am Filter, trank einen Schluck und saugte den Rauch tief ein. Sadin hatte die allgemeine Unruhe genutzt, um sich heimlich einen halben Liter kalorienreduzierte Cola zu zapfen. Die beiden Männer tranken und rauchten gemeinsam und waren schweigend miteinander vereint, wie jede Woche für fünf Minuten. Als Joe fast fertig geraucht hatte, kam Isabelle um die Ecke. Sadin bemerkte sofort die vorwitzige Haarsträhne, die träumerisch über ihr Gesicht wehte.

Der Schichtführer dachte: Das geht überhaupt nicht, die Haare müssen zu einem Zopf zusammengebunden werden. Doch Sadin schwieg, denn er spürte, wie wichtig es ihr war. Isabelle räusperte sich:

»Möchtest du eine heiße Apfeltasche? Dann ist der große Kaffee nicht so alleine?« Joe blickte auf. Er nahm noch einen letzten tiefen Zug und warf den Zigarettenstummel auf den Boden: »Nein.« Wie immer trat er die Glut sofort aus. »Sonst hab ich bald einen Bauch wie der da.« Er zeigte auf Sadin. Die beiden lachten laut, Sadin gluckste, und Isabelle lachte auch ein bisschen mit.

Joes Stippvisite durfte nicht länger als eine Stunde dauern, dann wirbelte der Sandsturm weiter. Auf einmal war es wieder still in der Wüste des Überflusses. Sadin kippte den Cola-Rest weg, bückte sich und warf Joes Kippe in den Mülleimer.

Willi, einfach unverbesserlich

Seine Gisela hatte ihn nach 35 Jahren verlassen. Einfach so.

Vor drei Jahren begann für Willi ein neues Leben. 65 war er damals gewesen. Seitdem verließ er das Haus nur noch, wenn es gar nicht anders ging, um den Müll wegzubringen zum Beispiel oder um einzukaufen. Die Treppenstufen bis zur dritten Etage fielen ihm immer schwerer, dabei war Willi in seinem anderen Leben sehr aktiv gewesen – bevor seine Gisela ihn verlassen hatte. Erst mit 59 hatte er seine Fußballschuhe an den Nagel gehängt und von da an nur noch in einer Laiengruppe Theater gespielt. In seinem jetzigen Leben sah er anderen nur noch zu. Auch den Fernsehsessel verließ er nur, wenn es unbedingt sein musste, als ob er dort so viel Zeit wie möglich verbringen wollte. Sein Lebensabend mit Gisela hatte gerade erst begonnen, da konnte sie den Anblick des jungen Rentners schon nicht mehr ertragen. Vor drei Jahren zerfiel sein Leben in zwei

Teile. Nur der Fernsehsessel war dem Ehemann, Sportler und Schauspieler aus seinem früheren Leben geblieben.

Immerhin machte sich Willi täglich auf den Weg zu seinem Briefkasten und ärgerte sich regelmäßig über die Ansichtskarten seines Vetters Gustav. Dieser hatte nichts Besseres zu tun, als in der Weltgeschichte herumzufahren. Dabei war Gustav seinen Lebtag nur Hilfsarbeiter gewesen. Aber seine neue Frau, die hatte Geld wie Heu. Am Nordkap waren sie also, die Herrschaften. Seit Jahren hatte er Gustav nicht mehr gesehen, noch nicht einmal mit ihm telefoniert. Früher hatte Gisela des Öfteren Karten an Gustav geschickt. Damals war es Gustav gewesen, der alleine zu Hause saß, während Willi noch verheiratet und regelmäßig im Urlaub war. Und jetzt rächte sich Gustav, indem er seine Frau Urlaubsgrüße verschicken ließ.

Zum Glück waren diese handgeschriebenen Postkarten seltener als die an ihn persönlich gerichteten Briefe. Jede Woche erhielt Willi Post vom Buchclub, der ihn mit einfacher Lesekost versorgte. Kürzlich hatte sich der Präsident des Buchclubs sogar höchstpersönlich an ihn gewandt: »Ihre Anschrift ist uns als die Adresse eines unserer besten Kunden, ja sogar, wenn ich das so sagen darf, als die eines Freundes bekannt!« Willi kramte seine alte Schreibmaschine heraus und dankte seinem neuen Freund, dass dieser sich persönlich dafür verwendet hatte, Willi für alle Elite-Gold-Privilegien zu autorisieren. Der Präsident war ein studierter Mann, ein Doktor. Der Präsident hatte die mehrbändige Jubiläumsedition persönlich zusammengestellt, die sich hinter Willis Fernseher allmählich aufgetürmt hatte. Willi erhielt zwar oft Post von seinem klugen Freund, noch mehr hatte er sich aber über ein pergamentfarbenes Dokument gefreut: Fünf Unterschriften und ein Stempel beurkundeten, dass er, Willi, zum Leser des Monats Februar ernannt worden war! Wenn die wüssten, dass er die Jubiläumsausgabe ab dem dritten Band noch nicht einmal ausgepackt hatte! Willi schmunzelte. Er hatte die drei strengen Zulassungskriterien erfüllt und Chancen auf Preise im Gesamtwert von 672 500 Euro! Willi musste sich ein bisschen konzentrieren, aber dann waren alle Kleeblätter, Herzen und Goldbarren akkurat aufgeklebt und er konnte am großen Gewinnspiel teilnehmen. Das Leben war eine Tombola und Willi mit von der Partie!

Nur das Kleingedruckte hatte Willi nicht gelesen, weshalb er die Jubiläumsedition noch ein zweites Mal zugeschickt bekam. Vielleicht konnte er sie noch abbestellen und zurückschicken? Aber wenn er jetzt einen Rückzieher machte... Was würde dann sein neuer Freund von ihm denken? Der Präsident hatte Willi persönlich zum Entschluss gratuliert, Freunde und Verwandte mit der Jubiläumsedition zu beschenken. Der Präsident bewunderte Willis Großzügigkeit. Willi wollte kein Risiko eingehen. Womöglich müsste der Präsident ihm die Elite-Gold-Privilegien wieder entziehen? Dann könnte er die 672 500 Euro abschreiben. Außerdem hatte er als Dankeschön für die erneute Bestellung der Jubiläumsedition den schönen Bildband *Bezauberndes Norwegen* erhalten, gratis. Die Bilder darin waren viel schöner als Gustavs Postkarte vom Nordkap. Willi hätte mit der Jubiläumsedition gerne jemandem eine Freude gemacht. Aber er wusste nicht, wem. Seit der Trennung schrieb ihm sein Sohn Jürgen zuverlässig zu Weihnachten und zum Geburtstag eine Karte, aber er hatte sich schon lange nicht mehr blicken lassen. Gisela war immer die geselligere von ihnen beiden gewesen. Und den gemeinsamen Freundeskreis hatte sie ebenso in ihre alte Heimat mitgenommen wie die Topfpflanzen auf dem großen Fensterbrett. Dort stapelte sich die zweite Jubiläumsedition.

Täglich wartete Willi auf den großen Gewinn. Bestimmt gab es nicht so viele Kunden, die die drei strengen Kriterien für die Elite-Gold-Privilegien erfüllten. Aber stattdessen erhielt er Bereitstellungserklärungen auf grünem Papier, die sehr amtlich aussahen. Unterschrieben hatte sie sein Freund, der Präsident. Dann konnte eigentlich nichts mehr schief gehen. Den einen Teil seiner Rente hatte Willi seit drei Jahren in die Erlangung seines Status als VIP-Kunde investiert. Was die Abkürzung VIP bedeutete, wusste er zwar nicht so genau, aber ein bisschen stolz war er trotzdem. Für den anderen Teil seiner Rente kaufte er im Teleshop ein. Dort wurden rund um die Uhr tolle Angebote gemacht. Es gab Juwelen, Uhren, Münzen, einfach alles, wonach Willis Herz begehrte. Besonders gut gefiel ihm die brünette Moderatorin, wenn sie den Powerstepper im knappen Gymnastikanzug vorführte. Die konnte sich vielleicht gut ausdrücken. So eine Brünette war seine Gisela früher auch mal gewesen. Trotzdem hätte er sich niemals so einen Powerstepper gekauft. Ihm genügten die Stufen bis zu seiner Wohnung. Die Leute hatten vielleicht Probleme, als ob es nicht schon genug Stufen gab, die man im Leben zu erklimmen hatte.

Willi wusste immer noch nicht, warum seine Gisela ihn verlassen hatte. Vielleicht, weil er ein bisschen zugelegt hatte, seitdem er nicht mehr Fußball spielte. Beim Essen hatte sie immer an ihm rumgenörgelt, sodass ihm zum Schluss gar nichts mehr geschmeckt hatte. Als im Teleshop der NASA-Massagegürtel mit Fett-Abschmelz-Garantie in streng limitierter Stückzahl angeboten wurde, war Willi nicht mehr zu halten. Die fünfzig eingenähten Motoren, die eigentlich für die Weltraumforschung entwickelt worden waren, stimulierten sämtliche Muskelpartien im Hüftbereich! Der Kalorienverbrauch in den betroffenen Körperregionen stieg sprunghaft an! Fett wurde in Muskelmasse umgepolt, das war wissenschaftlich bewiesen! Zwei Stunden mit dem NASA-Massagegürtel entsprachen einer Viertelstunde Gymnastik. Willi war ein kühler Rechner: Wenn er sich den elektrischen Massagegürtel zwölf Stunden pro Tag umschnallen würde, hatte er eineinhalb Stunden Gymnastik gemacht. Doch der NASA-Massagegürtel ließ auf sich warten.

Bis er endlich geliefert wurde, landeten noch vier Bände der Jubiläumsedition auf Willis Fensterbank. Offenbar gab es einen Engpass, was Willi keineswegs wunderte. Die NASA war einfach nicht auf so einen Kundenansturm eingestellt. Der NASA-Massagegürtel war ein Geheimtipp. Und Willi hatte nur deshalb Wind von dieser einmaligen Weltneuheit bekommen, weil der Teleshop-Kanal sorgfältig recherchiert hatte. Als Willi das gute Stück endlich in den Händen hielt, war er ein bisschen enttäuscht. Die Vorfreude war die schönste Freude gewesen. Der NASA-Massagegürtel fühlte sich wie ein Autoreifen an und war so laut wie ein Flugzeug. Man verstand sein eigenes Wort nicht mehr. Und die versprochene Stimulation der betroffenen Körperpartien war alles andere als sanft. Auf Knopfdruck zitterte Willis Speck wie Götterspeise. Das hielt kein Mensch länger als zehn Minuten aus. Die Vibrationen gingen ihm durch Mark und Bein, ganz abgesehen vom Lärm. Aber schon als Fußballer hatte Willi nie die Flinte ins Korn geworfen. Er war ein Kämpfer. Darum verstöpselte er sich die Ohren. Der NASA-Massagegürtel hatte immerhin knapp fünfhundert Euro gekostet! Die hübsche Brünette hatte immer verzückt gelächelt, als die fünfzig NASA-Motoren in Betrieb gingen, Willi hingegen biss die Zähne zusammen. Versuchte sich abzulenken. Packte die einzelnen Bände der Jubiläumsedition aus. Versuchte zu lesen. Konnte sich nicht konzentrieren und blätterte hektisch irgendeinen Bildband durch. Er zählte bis hundert. Kaute auf der Lippe. Lief wie ein angepflocktes Tier um die Steckdose. Das Stromkabel des Massagegürtels war knapp drei Meter lang.

Willi hielt seine Massagekur tapfer durch. In der ersten Woche brachte er es täglich im Schnitt auf sechs Stunden, das war immerhin eine dreiviertel Stunde Gymnastik. Willi hatte Flugzeuge am Bauch. Die Nachbarn klingelten Sturm. Nein, er habe keine Landebahn in seiner Wohnung. Ob die Nachbarn denn noch nie vom NASA-Massagegürtel gehört hätten, den mit der Fett-Abschmelz-Garantie? Das sei so ähnlich wie Sport, nur anders. Wenn er die vitalisierende Stimulation des Gürtels nicht mehr ertrug und die Brünette nicht gerade moderierte, blätterte Willi die wöchentliche Büchersendung durch. Da gab es zum Beispiel das spannende Buch *Rätsel, Fakten, Phänomene*. Ein gewisser Uri Geller konnte Kaffeelöffel verbiegen, indem er sich konzentrierte und sanft darüber strich. Ist das denn die Möglichkeit, fragte sich Willi und schlurfte in die Küche, um es auch einmal auszuprobieren. Es klappte nicht auf Anhieb, aber so schnell gab er nicht auf. Wenn es mit dem Löffel-Verbiegen klappte, konnte er auch im Fernsehen auftreten. Wenn er dann berühmt war, würde Gisela sich schwarz ärgern, dass sie ihn verlassen hatte. Wer weiß, vielleicht würde er in irgendeinem Fernsehstudio sogar die Brünette aus dem Teleshop treffen? Natürlich war sie viel zu jung für ihn, aber sie konnten vielleicht mal einen Kaffee zusammen trinken gehen. Die würde ganz schön Augen machen, wenn er aus heiterem Himmel einen Löffel verbog. Vielleicht wollte Gisela dann auch wieder zu ihm zurück? Wenn er erst einmal ein berühmter Mann war. Natürlich würde er sie wieder zurücknehmen! Zuerst würde er sie aber ein bisschen zappeln lassen. Aber nicht lange. Das würde er nicht übers Herz bringen bei seiner Gisela. Wie es ihr wohl ging? Anrufen würde er nicht. Schließlich hatte er auch seinen Stolz. Marmor, Stein und Eisen bricht, aber unsere Liebe nicht. Mit dem blöden Löffel tat sich nichts. Verdammt. Wunder geschehen nicht, wenn man mit ihnen rechnet.

Gustav hatte wieder geschrieben, diesmal aus Verona. Was juckte es Willi, dass Gustav in Verona war, in der Oper. Mit solchen Sachen hatte Gustav nie was am Hut gehabt. Mit Ach und Krach hatte er die Volksschule geschafft. Freiwillig hätte der kein Buch angefasst. Bestimmt hatte Gustav nichts verstanden, als er in der Oper war. Man konnte ja auch gar nichts verstehen, die sangen doch immer so komisch und zogen alles in die Länge. »Gustav, du alter Angeber!« Na warte, irgendwann würde er es ihm noch mal zeigen.

Sein Freund, der Präsident, hatte Willi das Buch *Untergegangene Kulturen* empfohlen. Da gab es auch ein schönes Bild des römischen Amphitheaters in Verona. Aber noch mehr interessierte sich Willi für den Abschnitt über Heinrich Schliemann. Das war ein Tausendsassa. Sprach fünfzehn Sprachen und machte überall Geschäfte, in Amsterdam, Sankt Petersburg … Und was machte er mit dem ganzen Geld? Er ging nach Paris und studierte! Und dann las er die alten Schriften des Homer gründlicher als alle anderen vor ihm, machte sich auf den Weg und entdeckte Troja. Der konnte zupacken. Wenn Schliemann etwas mehr Glück gehabt hätte, hätte er auch einen Goldschatz finden können, so wie dieser Carter. Der hatte per Zufall die Grabkammer des Tutenchamun gefunden! Aber so war nun einmal die Welt. Der eine war tüchtig, machte ein Vermögen, forschte, las und fand Troja. Immerhin. Aber gelohnt hatte sich das nicht. Schliemann hatte bei der Aktion bestimmt draufgezahlt. Und ein anderer zog los, grub auf gut Glück im Tal der Könige mal hier und mal dort, fand im letzten Moment einen Goldschatz und war ein gemachter Mann. Vielleicht gab es aber doch eine höhere Gerechtigkeit. Der Fluch des Tutenchamun kostete Carter das Leben. Aber was war schon gerecht auf dieser Welt. Willi saß alleine zu Hause, sogar an seinem Geburtstag, während Gustav, dieser dumme Hilfsarbeiter, mit seiner neuen Frau dauernd auf Reisen war. Dabei hatte Willi seiner Gisela zum Geburtstag jedes Mal eine große Torte und einen Blumenstrauß geschenkt. Und den Hochzeitstag hatte er auch nie vergessen. Wenn es eine höhere Gerechtigkeit gab, dann müsste er bald die 672 500 Euro gewinnen. Woche für Woche schickte er dem Präsidenten, seinem Freund, die Gewinnunterlagen zurück, die er im Briefkasten gefunden und sorgfältig bearbeitet hatte.

Aber vom Gewinn war noch immer keine Spur. Im Lärm der NASA-Motoren vergaß Willi die Minuten zu zählen. Das war wirklich ein toller Freund! Zuerst Versprechungen machen, von wegen erstklassige Gewinnchance und so, und dann so tun, als wäre nichts gewesen. Der glaubte wohl, er könnte sich alles erlauben, weil er ein Herr Doktor war, und Präsident. Aber nicht mit

Willi. Er wuchtete seine Schreibmaschine auf den Küchentisch, hob den Deckel ab und klaubte, so schnell es ging, die passenden Buchstaben zusammen: »Sehr geehrter Herr Präsident, mein lieber Freund! Vor zwei Monaten haben Sie mich für die Elite-Gold-Privilegien autorisiert, im Februar und April war ich Leser des Monats. Ich habe alle Formulare ordentlich ausgefüllt und schnell wieder zurückgeschickt. Unter Freunden muss ich schon mal sagen: Ich brauche ein neues Regal für die vielen Bücher. Wenn ich nicht bald etwas gewinne, kann ich mir das aber nicht leisten. Ich überlege mir, ob ich dann überhaupt noch etwas bei Ihnen bestellen kann. Mit freundlichen Grüßen, Ihr Willi H.«

Die Antwort ließ nicht lange auf sich warten: »Lieber Herr H., bei einer routinemäßigen Kontrolle des Preiskomitees konnte ich feststellen, dass unter den Schecks an die Gewinner leider keiner Ihren Namen trägt. Ich war sehr enttäuscht darüber, denn ich weiß, dass Sie seit über zehn Jahren zu unseren meistgeschätzten Kunden gehören. Ich habe umgehend die drei für Sie zuständigen Abteilungsleiter einbestellt, damit sie mir helfen, vielleicht aus Ihnen den 450 000. Jubiläums-Gewinner zu machen.«

Na also, dachte Willi, man durfte denen einfach nicht alles durchgehen lassen. Ab und zu musste man zeigen, wo es lang ging. So war es überall, im Geschäft und auch privat. Man durfte nicht alles mit sich machen lassen. Das stand so ähnlich auch in der Neuauflage des Buches *Ihr gutes Recht im Alltag*, welches ihm der Buchclub alle zwei Jahre zuschickte. Früher hatte er sich nie dafür interessiert, aber die Trennung hatte ihn neugierig gemacht. Das mit dem Unterhaltsrecht, diese vielen Tabellen waren etwas kompliziert. An einer anderen Überschrift blieb Wills Blick hängen: Vergewaltigung in der Ehe. Warum um Himmels Willen sollte man seine eigene Frau vergewaltigen? Das war doch gar nicht nötig, wenn man verheiratet war. Gut, vielleicht gab es Frauen, die sich manchmal etwas zickig anstellten. Bei seiner Gisela war das zum Glück kaum vorgekommen. Aber gleich von Vergewaltigung zu sprechen, das war doch irgendwie komisch!

Das Fernabsatzgesetz schützte ihn als Konsumenten. Wenn ihm jemand Schrott andrehen wollte, hatte er das Recht, vom Kauf zurückzutreten. Vielleicht sollte er sich das mit dem NASA-Massagegürtel doch noch einmal überlegen? Noch immer hatte er nicht abgenommen, obwohl er sich schon seit mehreren Monaten mit diesem Gürtel rumplagte. Zuerst hatte es so ausgesehen, als hätte er ein Pfund runter, aber das hatte er inzwischen schon wieder drauf. Schade, das Buch *Schnelle Gerichte für den Feierabend* kam erst, als seine Gisela schon fort war. Das hätte sie bestimmt interessiert. Da gab es alles Mögliche, Fisch, Rind, Schwein, aber auch ganz andere, exotische Gerichte, Lamm und so was. Vielleicht hätte Gisela dann auch mal andere Sachen ausprobiert. Bei aller Liebe, eine Meisterköchin war seine Gisela nie gewesen. Aber sich mal ein bisschen anstrengen, das hatte doch noch niemandem geschadet.

Mittlerweile wäre er froh über eines von Giselas Spezialgerichten gewesen. Fischstäbchen und feurig-scharfer Texastopf waren auf die Dauer auch nicht das Gelbe vom Ei. Aber Pizza hätte er jeden Tag essen können. Bestimmt hatte Gustav auch Pizza gegessen, als er in Verona war – nach der Oper. Aber zum Pizzaessen brauchte man heutzutage nicht mehr nach Verona zu fahren. Auch tiefgefrorene Pizzas hatten Ristorante-Qualität und original italienische Zutaten. Das stand auf der Verpackung. Vielleicht lag es an den Pizzas, dass die Fett-Abschmelz-Garantie nicht zum Tragen kam? So schnell konnte der NASA-Gürtel das Fett gar nicht abschmelzen, wie er es in sich hineinstopfte. Aber was sollte es. Seine Gisela würde so oder so nicht mehr zu ihm zurückkommen. Warum war sie eigentlich fort? Er hatte nicht verstanden, was sie gesagt hatte. Aus heiterem Himmel hatte sie ihm eine Szene gemacht und war verschwunden. Nur weil ihm das Essen mal wieder nicht geschmeckt hatte. Hätte er es trotzdem essen sollen? Wenn er geahnt hätte, welche Konsequenzen es haben würde, nicht brav aufzuessen... Wahrscheinlich hätte er es schlucken sollen. Aber wenn Willi einmal nicht aufaß, war das doch noch lange kein Grund, ihn zu verlassen. Frauen waren schwer zu durchschauen.

Im Teleshop schwärmte die Brünette gerade von einem silbernen Ring mit einem echten Rubin. Da würde sie schwach werden, die Brünette, wenn ein Verehrer ihr den auf das Nachtkästchen stellen würde. Willi griff zum Hörer. Vielleicht ergab sich ja doch noch die Gelegenheit, diesen Ring der Brünetten oder seiner Gisela auf das Nachtkästchen zu stellen. Man konnte ja nie wissen. Und für alle Fälle musste man vorbereitet sein. Geld spielte keine Rolle, schließlich würde er schon bald die 672 500 Euro gewinnen. Sein Freund, der Präsident, hatte ihm sein Wort gegeben. Dann würde er seine Gisela auch nach Verona in die Oper einladen. Oder ihr das bezaubernde Norwegen zeigen. Das wäre doch gelacht! Was der dumme Gustav konnte, konnte Willi doch schon lange. Gisela würde Augen machen, wenn er sie mit einem Rolls Royce abholen käme, mit Chauffeur. Konnte man mieten. Mit 672 500 auf dem Konto wäre so ein Rolls Royce ein Klacks. Aber bis dahin musste er besser in Form kommen. Er stellte den Massagegürtel an, schloss die Augen und träumte, dass er in einem Flugzeug nach Ägypten saß, wo er die Pyramiden besichtigen würde, zusammen mit seiner Gisela. Wenn sie mit ihm nach Ägypten flöge, würde er alles anders als früher machen: Sie dürfte auch mal das Restaurant aussuchen. Und er würde sie sogar ins Museum begleiten. Und wenn sie rummeckerte, was er schon wieder alles in sich hineinstopfte, würde er vielleicht sogar etwas weniger essen. Im Grunde genommen hatte sie recht: Wenn er nicht immer so viel gegessen hätte, hätte er sich auch das Geld für den NASA-Massagegürtel sparen können. Aber hinterher war man immer schlauer.

Mittlerweile lief Willi nicht mehr auf und ab, sondern ertrug stoisch sitzend den Lärm der Motoren und das Wabbeln seines Körpers, und träumte von einer schönen Zukunft. Die würde mit dem Gewinn der 672 500 Euro beginnen. Auf diesen Tag musste Willi gut vorbereitet sein. Er hatte schon ausbaldowert, bei welchem Autoverleih er einen Rolls Royce anmieten konnte. Alle zwei Wochen verließ er das Haus, um sich im Reisebüro über Flugreisen nach Ägypten auf dem Laufenden zu halten, und jeden Abend vor dem Einschlafen kontrollierte er, ob das kleine samtene Kästchen mit dem Rubin-Ring noch auf dem Nachttisch stand. Seine Gisela war nach Süddeutschland umgezogen, in ihre Heimat. Die würde Augen machen, wenn er bei ihr vorgefahren kam, mit Chauffeur! Immer wieder stellte er sich vor, wie sie strahlend einsteigen und neben ihm auf der Rückbank Platz nehmen würde.

Fast hätte Jürgen, sein Sohn, ihm noch einen Strich durch die Rechnung gemacht. Wie der sich über die doppelte Jubiläumsedition und die anderen Sonderausgaben des Buchclubs aufgeregt hatte. Es konnte schon sein, dass da noch Rechnungen über 900 Euro offen waren. Das mit den Finanzen hatte Willi angesichts der 672 500 in letzter Zeit etwas schleifen lassen. Aber das war doch noch lange kein Grund, sich derart aufzuregen. Seit über drei Jahren hatte sein Junge sich nicht mehr bei ihm blicken lassen. Und dann tauchte er auf einmal auf und redete die ganze Zeit nur von Betrug. Das hatte doch mit dem Ausnutzen der Gutgläubigkeit älterer Leute rein gar nichts zu tun. Sein Junge wollte einfach nicht verstehen, dass Willi nicht vom Präsidenten an der Nase herumgeführt wurde, sondern dass Willi es war, der den Präsidenten austrickste. Der Präsident glaubte nämlich, Willi hätte die schweren Bücher aus der Jubiläumsedition tatsächlich gelesen. Dabei hatte Willi erst vor ein paar Wochen seinem Spezi gezeigt, was eine Harke ist. Dieser hatte schnell klein beigegeben, Willi war schließlich nicht irgendwer, sondern Leser des Monats Februar, April und Mai! Und jetzt wollte Jürgen die Abonnements kündigen und die Bücher zurücksenden. Der war doch wahnsinnig! Die nächste große Gewinnauslosung mussten sie auf alle Fälle noch abwarten.

Sein Junge las ihm alle möglichen Reportagen und Berichte über den Buchklub vor. Da war die Rede von unlauteren Geschäftsmethoden. Durch groß aufgemachte Gewinnspiele verführe man senile Kunden zur Bestellung von Bücherabonnements, und zwar mithilfe kindischer Aufkleber-Aktionen. Willi beharrte widerborstig auf seinem

Traum vom großen Gewinn, aber als sein Junge abends weg war, blieb er seltsam niedergeschlagen zurück. Vielleicht war er tatsächlich einem Schwindel aufgesessen. Jürgen kam in letzter Zeit häufiger zu Besuch. Immer wieder fing er von dem Buchklub an, hatte sogar eine Fernsehreportage darüber aufgezeichnet. Vielleicht hatte er doch recht? Der Präsident war zwar sein Freund, aber richtig koscher war er Willi eigentlich noch nie gewesen.

Willi war durcheinander. Vielleicht gab es tatsächlich nicht nur einen Leser des Monats, sondern Hunderte. Vielleicht lachte der Präsident sich heimlich ins Fäustchen. Er hatte auch keine Freude mehr am Teleshop. Bestimmt war die Brünette auch eine Schwindlerin. Und auch der Massagegürtel ekelte ihn an. Von wegen Fettabschmelzkraft, brachte ja doch nichts. Im Briefkasten suchte Willi nach einer Gewinnbenachrichtigung, stattdessen fand er zwei neue Bände der Jubiläumsausgabe *(Raubtier-Safari in Afrika)*, die er vor Wut am liebsten direkt in die Mülltonne geschleudert hätte. Obendrein ließ Gustav aus New York grüßen. Er war das vorletzte Wochenende zum Shopping dort gewesen. Na warte, dem alten Angeber würde er es zeigen, ein für alle Mal. Was der Präsident konnte, das konnte Willi schon

lange. Er musste zwei Schubladen durchwüh-
len, bis er das alte Adressbüchlein mit Gustavs
Nummer gefunden hatte. Er zog sich sein bun-
tes Urlaubshemd aus den Siebzigern über. Vom
Theater her wusste er, dass das richtige Kostüm
immer dazu gehörte. Fünfzig Massage-Motoren
sorgten für die passende Geräuschkulisse: »Hallo
hallo, bist du es, Gustav? – Ich wollte mich mal
wieder bei dir melden. Hab es nicht geschafft, dir
eine Karte zu schreiben, da hab ich mir gedacht:
Ruf doch mal an. – Wir sind zusammen im Rolls
Royce gefahren, Gisela und ich. Und wir haben
eine Safari gemacht und uns die Pyramiden angesehen. – Ich versteh' dich nur ganz schlecht. Es ist
so laut hier am Flughafen. – Wie bitte? Ich bin hier
am Flughafen. In Kairo. – Eine Safari haben wir
gemacht. Und die Pyramiden angesehen. – Über
Geld spricht man nicht, das hat man. – Ein Gewinnspiel. Da gehört schon eine Portion Glück
dazu, ohne die Elite-Gold-Privilegien kommst
man da aber nicht weit. – Für dich ist das wohl
nicht das Richtige. Mit Büchern hattest du ja noch
nie was am Hut. – Ich bin der Leser des Monats! –
Das führt jetzt zu weit …«

* * *

»Sehr geehrter Herr Präsident, ich habe Sie durchschaut. Sie sind ein gemeiner und hinterhältiger Schwindler. Mein Sohn hat mir vorgelesen, dass Sie und Ihr Buchklub das Vertrauen von Senioren ausnutzen. Die Elite-Gold-Privilegien sind gar nichts Besonderes und bei dem Jubiläumsgewinnspiel hat man ja doch keine Chance. Und dieses ganze Geschwätz, von wegen Freundschaft und so, ist erstunken und erlogen, reine Geschäftemacherei. Sie werden noch Ihr blaues Wunder erleben. So kann man nicht mit mir umspringen. Sie werden schon sehen, was Sie davon haben. Mein Sohn ist nämlich Rechtsanwalt. Hochachtungsvoll, Willi H. PS: Und unterstehen Sie sich, mich noch einmal als Ihren Freund zu bezeichnen.«
Dem hatte er es aber gezeigt. Sein Junge konnte die blöden Bücher ruhig zurückschicken. Er war fertig mit dieser Buchklub-Bagage.

Als selbst Willi nicht mehr damit rechnete – am Vortag hatte Jürgen ein großes Paket zurück an den Buchklub geschickt –, geschah ein Wunder. Der Junge war eben studierter Jurist und verstand sein Handwerk. Der Briefträger übergab Willi persönlich einen Scheck. Er hatte zwar nicht 672 500 Euro gewonnen, sondern nur 25 000. Aber immerhin reichte der Gewinn, um seine Gisela mit dem Taxi abzuholen und mit ihr zusammen die Pyramiden anzusehen.

Zu Beginn der Reise hatte sie sich zwar noch gesträubt, aber auf dem Rückflug nahm Gisela dann doch das kleine Kästchen mit dem Rubinring an. Ihr Willi war einfach unverbesserlich.

Sein Brief …

… hatte zwei Wochen ungeöffnet an der Pforte gestanden. Obwohl Luca ihr seit elf, nein zwölf Jahren nicht mehr geschrieben hatte, erkannte sie seine Handschrift sofort. Er war der Einzige, der aus den aufstrebenden V-Bogen ihrer Initialen Pflanzen wachsen ließ, so dass »-erena -olkmann« überrankt wurde, wie in einer Laube. Sie erinnerte sich an Lilien und Margeriten. Dichte Rosenbüsche hatten früher sogar noch die Rückseite des Kuverts überwuchert. Dieses Mal spendete lediglich ein schlanker Palmzweig ihrem Vornamen etwas Schatten. Den Namen ihres Mannes, ihren Familiennamen, hatte er mit spitzen Fingern in Druckbuchstaben aufs Kuvert gesetzt. Woher kannte er ihren neuen Namen?

Sie war früh dran und erwischte einen der wenigen Fensterplätze im Callcenter. Es war noch nicht viel los. Sonst schaffte sie es nie so früh. Aber heute Morgen war alles wie am Schnürchen gelaufen. Also war es doch Luca gewesen, der Witzbold am Telefon vor einem Monat. Sie schaltete den Rechner an. Er sprach inzwischen richtig gut Deutsch. Am Schluss des Gesprächs hatte er gefragt, in welcher Stadt sich das Callcenter befand. Er hatte sie mal wieder überrumpelt. Ihr Headset war noch keine zwanzig Sekunden auf Empfang geschaltet, als auch schon der erste Anrufer zu ihr durchgestellt wurde.

»Ihre Lieblingsbank. Guten Morgen. Sie sprechen mit Verena Moll. – Ich sehe mal nach. Sagen Sie mir bitte noch mal den Empfänger und den Betrag. – Wann war das ungefähr? – Hier ist es. Ausgeführt wurde der Auftrag am siebten Mai. Und zurückgekommen ist das Geld am letzten Freitag. – Tut mir wirklich leid, ich kann hier im System nicht ersehen, warum das Geld nicht angekommen ist. – Ja, da gibt es viele Möglichkeiten: Vielleicht hat die Begünstigte das Konto aufgelöst? Oder sie ist verstorben? Warum fragen Sie sie nicht einfach? – Ja, so ist das Leben. Wege trennen sich.«

Luca hatte ihr nur dumme Fragen gestellt: Ob es denn auch Geheimkonten gäbe und wie man in Deutschland am besten Steuern hinterziehen könnte. In Italien machte das jeder ... Zum ersten Mal hatte er etwas von seiner Gage übrig. Eigentlich hätte sie seine Stimme sofort an ihrem Herzklopfen erkennen können. Vergeblich hatte sie sich um Einsilbigkeit bemüht. Woher hatte er 2000 Euro? Solange sie denken konnte, war er pleite und hatte einmal sogar ihren Vater angepumpt... Nach dem Anruf hatte sie augenblicklich das Netz nach ihm ausgeworfen. Immerhin drei Seiten Treffer. Meistens Theater und kleine Festivals. Viele davon in Deutschland. Er hatte es wirklich in diese DanceCompany geschafft und war in den großen Musical Theatern aufgetreten: Hamburg, Berlin, Köln und München. Es stand sogar ein Interview mit ihm in einer großen Tageszeitung. Sie hatte es sofort weggeklickt. Er sah noch aus wie früher.

»*Ihre Lieblingsbank. Sie sprechen mit Verena Moll...*«

Aufgelegt. Sie musste noch das Fleisch kaufen. Die Engels kamen heute Abend zum Grillen. In der Mittagspause musste sie die Steaks abholen. Sie würde dann Dennis, den neuen Kantinenchef, bitten, sie für ein paar Stunden in den Kühlschrank zu legen. Er strahlte sie immer so nett an, wenn sie sich sahen. Aber das machte er bestimmt bei jeder. Wenn bloß dieser Bauch nicht wäre... Bis halb vier konnte sie ihr Fleisch bestimmt bei ihm in der Kantine lassen. Dennis hatte gesagt, er würde frühestens um halb fünf Schluss machen.

»Ihre Lieblings-Bank. Guten Morgen. Verena Moll, was kann ich für Sie tun? – Jawohl. Unsere Werbeaktion heißt: ›Gehen Sie mit uns fremd!‹ – Da haben Sie wohl etwas falsch verstanden. – Wenn Sie sich von Ihrer alten Bank vernachlässigt fühlen, können Sie ganz unverbindlich und kostenfrei jedes unserer Produkte für sechs Monate testen. – Wir bieten mehrere Depots an: Einmal haben wir das SpezialDepot.Direkt. Außerdem haben wir das SpezialDepot.Premium und das SpezialDepot.Basis. – Unsere vermögenden Privatkunden haben auch einen persönlichen Ansprechpartner in der Filiale. Wenn es darauf ankommt, können Sie also schnell reagieren. – Ich kann Sie leider nicht persönlich betreuen. – Ich arbeite aber nicht im Filialdienst und bin auch nicht für vermögende Privatkunden zuständig. – Also, Sie wollen das SpezialDepot.Direkt. Sagen Sie mir bitte Ihren Nachnamen? – Kommen Sie aus Italien? Ach so, Portugal. Da war ich letztes Jahr im Urlaub. Gibt

guten Wein. Und Ihr verehrter Vorname? – Ge-
burtsdatum. – Straße. – Postleitzahl. – Wohnort. –
Ich schicke Ihnen die Unterlagen zu, Sie brau-
chen dann nur noch zu unterschreiben. – Warum
wollen Sie das denn so genau wissen? – Wir haben
Callcenter in Köln, München und Frankfurt. Sie
können sicher sein, dass ein kompetenter Kollege
oder eine kompetente Kollegin... – Das ist schön
für Sie, dass Sie dienstlich so viel unterwegs sind. –
Es ist mehr als unwahrscheinlich, dass wir beide
noch mal... – Ich habe gar keine direkte Durch-
wahl. – Seien Sie sicher: Was mich betrifft, gibt
es mindestens einen wichtigen Unterschied zwi-
schen einem Callcenter und einem Callgirl. – Ich
sagte MINDESTENS einen Unterschied. – Aber
kann ich Ihnen sonst irgendwie weiterhelfen? Ich
meine, was Ihre Bankgeschäfte anbelangt. – Viel-
leicht, aber für heute sage ich Ihnen auf Wieder-
hören. – Ja, wer weiß...«

So ein aufdringlicher Kerl. Unmöglich, was sich
die Kunden rausnehmen. Bestimmt hat er geerbt.
Wie käme er sonst mit Anfang dreißig an eine
halbe Million. Höchst unwahrscheinlich, dass der
noch einmal zu ihr durchgestellt werden würde.
Seit drei Jahren war sie wieder zurück in der Bank,

und in drei Jahren Callcenter war sie keinem einzigen Kunden zweimal begegnet. Spätestens um Viertel vor vier musste sie los zur Schule, um die Kids abzuholen. Dann würde sie bequem um fünf zu Hause sein und hätte noch zwei Stunden, um die Salate vorzubereiten und Gartenmöbel und Grill aus dem Keller zu holen. Hatten Sie überhaupt noch Kohle? Sie schrieb eine Nachricht an ihren Mann: *Haben wir noch Kohle?* Eigentlich hätte sie sich das auch sparen können. Ihr Mann wusste es doch sowieso nicht. Zur Sicherheit würde sie noch einen Sack Kohle mitbringen. Aber mit den Kids würde das im Supermarkt mindestens eine halbe Stunde dauern. Jedes Mal machten die einen Aufstand bei den Süßigkeiten, das war nicht mehr normal. Sie waren doch Schulkinder. Er hatte sie verzogen. Wenn er einkaufen ging, bekamen die Kinder alles, was sie wollten. Und sie hatte dann im Alltag den Stress. Sie würde noch mal versuchen, mit ihrem Mann darüber zu sprechen.

Ah, die Bauarbeiter von der neuen U-Bahn-Station kamen auch schon zur Arbeit. Die hatte sie vom Fenster richtig gut im Blick. Vielleicht sollte sie das Fleisch nach der Mittagspause lieber mit an ihren Platz nehmen. Musste es wirklich die ganze

Zeit gekühlt werden? Sie konnte Dennis ein andermal um einen Gefallen bitten. Sie würde einfach ein paar Minuten früher Schluss machen, um Holzkohle kaufen zu können, bevor sie die Kids abholte. So würde es gehen: In der Mittagspause sofort zum Metzger, dann schon um halb vier Feierabend und schnell noch in den Supermarkt, Holzkohle kaufen. Dann würde sie es auf jeden Fall bis um vier zur Schule schaffen.

Was wollte Luca nach zwölf Jahren von ihr? Schlecht schien es ihm jedenfalls nicht zu gehen. In ein paar Wochen würde seine DanceCompany in die Stadt kommen. Die Plakate hingen schon überall: »My Fair Lady«. Vielleicht wollte er sich mit ihr verabreden. Aber wie stellte er sich das vor? Sie war verheiratet, berufstätig und hatte die Kinder am Hals.

»Ihre Lieblings-Bank. Sie sprechen mit Verena Moll. – Geben Sie mir mal bitte die Nummer des Sparbriefs? – Aber sie haben das Kapital doch angelegt. – Ja, aber Sie sind eben vertraglich gebunden. – Aber Sie können doch nicht sagen: Ich hätte gerne drei Prozent und außerdem jederzeit mein Geld zurück, wenn ich es gerade brauche. – Natürlich ist es immer noch Ihr Geld. – Sie kriegen

ja auch alle zwölf Monate regelmäßig Ihre Zins-
gutschrift. – Diese Sicherheit ist unbezahlbar. –
Wenn Sie immer flexibel bleiben wollen, dürfen
Sie sich nicht festlegen.«

Die Engels becherten ganz schön was weg im
Laufe eines Abends. Dabei stand Rita ihrem
Volker in nichts nach. Aber sie hatten noch vier
Kästen, das sollte reichen. Ihr Mann war auch
nicht von schlechten Eltern. Hatte einen ganz
schönen Bauch bekommen in letzter Zeit. Er
trank zu viel Bier, vor allem, wenn in der Kanzlei so viel los war. Dann schoss er sich gerne mal
die Lichter aus, aber das war ihr lieber, als wenn
er nur ein bisschen trank. Dann wurde er nämlich
anstrengend, sobald die Gäste weg waren. Aber
wenn er total betrunken war, schlief er friedlich
ein. Sie selbst würde heute Abend bei Wasser bleiben, wenigstens einer musste einen klaren Kopf
behalten. Hoffentlich endete es nicht so peinlich
wie beim letzten Mal. Ihr Mann hatte halb im
Delirium etwas von Partnertausch gefaselt. Dass
er gern mal mit Rita…, das konnte sie sich vor-
stellen, so wie die sich immer aufbrezelte. Aber sie
mit Volker? Der war doch unerträglich. Schlimm
genug, dass sie ihn zum Grillen einladen mussten.

Volker hatte ihrem Mann bestimmt schon ein Dutzend Mandanten aus dem Lions Club vermittelt. Bei aller Liebe, aber das wäre wirklich zu viel des Guten.

Am Samstag musste sie früh raus, noch vor den Kindern. Sie musste für die Putzfrau eine Liste machen. Wenn man es ihr nicht schwarz auf weiß gab, spulte sie nur ihr Standardprogramm ab. Dabei gab es viele Ecken im Haus, die es mal wieder richtig nötig hätten. Da wäre es fast einfacher, es selbst zu machen. Aber sollte sie sich auch noch darum kümmern? – Die Kinder mussten zur musikalischen Früherziehung, und sie gehörte nach dem Grillabend aufs Laufband.

»Ihre Lieblingsbank. Sie sprechen mit Verena Moll. Was kann ich für Sie tun? – Nennen Sie mir den Begünstigten. – IBAN. – Und der Betrag? – Verwendungszweck. – Soll die Überweisung sofort ausgeführt werden? – Hm, das müssen Sie wissen. – Es ist kein so großer Betrag. Also ich würde es sofort erledigen, dann braucht man nicht mehr daran zu denken. – Gut, ich führe die Überweisung aus… – Nichts zu danken. – Hab ich neulich irgendwo gelesen: Simplify your life!«

Leben vereinfachen hieß Prioritäten setzen. – Sie hatte damals mit Luca am Telefon Schluss gemacht, einen Monat, nachdem sie ihren Mann in der Filiale kennengelernt hatte. Er war Dozent für Wirtschaftsrecht und sie stand kurz vor dem Ende ihrer Banklehre. Was hatte sie damals vor seinem Doktortitel noch für einen Respekt gehabt. Dabei hatte er als Dozent noch gar nicht so viel verdient. In die Kanzlei war er erst nach der Ehe eingestiegen, sonst hätten sie sich niemals das Haus leisten können… Oh, ihr Mann hatte geantwortet: *Klar haben wir kohle. Deal des monats. Brauchst du neues auto? Itdah.* Das war seine Abkürzung für *Ich-trage-dich-auf-Händen.* Sie seufzte.

»*Ihre Lieblings-Bank. Verena Moll. – Einen Moment. Ihre Kündigung ist am Vierten bei uns eingegangen. – Aber bei einer vorzeitigen Kündigung berechnen wir immer einen Vorschusszins. Ansonsten können wir das Konto nicht auflösen. – Wir haben aber Ihre Zinsen mit einkalkuliert. Wenn Sie Ihre Planung ändern, dann müssen Sie leider auch dafür bezahlen. – Gut, dann storniere ich das und wir lassen alles beim Alten.*«

Als sie damals Schluss gemacht hatte, konnte Luca es zunächst gar nicht fassen. Am folgenden Tag war er nach Deutschland gekommen. Oder jemand anderes hatte den Brief eingeworfen. Auf dem Umschlag klebte keine Marke. Er war über und über mit Blumen und Fragezeichen übersät. Immer wieder schrieb er ihr Briefe und Karten, die alle auf dasselbe hinausliefen: WARUM? Sie hatte nie darauf geantwortet.

Im Sommer hatte sie ihn immer gern begleitet, wenn er als Straßenkünstler durch Deutschland getingelt war. Sie hatte auch ein bisschen Geige gespielt und war mit dem Hut herumgegangen. Sobald sie genug zusammen hatten, leisteten sie sich ein schönes Essen, irgendwo in einem kleinen Restaurant, am liebsten am Wasser. Aber so ein Verhältnis zwischen Deutschland und Italien, das konnte ja nicht ewig gut gehen. Merkwürdig genug, dass sie es überhaupt drei Jahre miteinander ausgehalten hatten. Obwohl sie sich kaum verständigen konnten.

Einmal waren sie im Sommer wandern gegangen, im strömenden Regen. Als sie nicht mehr konnte, hievte er sie auf seine Schultern und trug sie lachend weiter durch den Wald. Eine Weile war er galoppiert wie ein Pferd und hatte sie völlig durchgeschüttelt. Nasse Blätter klatschten ihr ins Gesicht. Er schnaubte und wieherte und war so lange gelaufen, bis er keine Luft mehr bekam. Dann war er ein Stück gegangen. Aber sobald sich sein Atem wieder beruhigt hatte, war er mit federnden Schritten wieder losgetrabt, bis die Bushaltestelle in Sicht war. Principessa hatte er sie genannt ...

Und wenn schon. Sie hatte sich entschieden.

»Ihre Lieblings-Bank. Verena Moll. – Welchen Betrag wollen Sie denn anlegen? – Und an welche Zeitspanne hatten Sie gedacht? – Jetzt kommt es darauf an, wie groß Ihr Sicherheitsbedürfnis ist. – Sie können nervenaufreibende Kursschwankungen ausschließen, wenn Sie auf ein paar Prozent verzichten. – Wenn Sie risikobereit sind, ist eine Rendite von fünf, sechs Prozent durchaus im Bereich des Möglichen. – Das ist wirklich Ihre Entscheidung. – Wenn Sie vor Überraschungen Angst haben, sollten Sie lieber kleine Brötchen backen. Höhenflüge gibt es dann aber nicht. – Also die meisten unserer Kunden gehen auf Nummer sicher. – Unser Verkaufsschlager ist ein Immobilienfonds. Der bringt eine ordentliche Rendite und da kann mit dem Geld eigentlich nicht viel passieren. –

*Richtig, bei einem eigenen Häuschen macht man
ja auch nichts falsch. Solange da keine Scheidung
dazwischen kommt. – Das Geld liegt dann praktisch für fünf Jahre fest. – Nein, Sie können natürlich jederzeit verkaufen. Aber Kaufen, Verkaufen,
Kaufen, Verkaufen, da machen Sie nur Verluste.
Das kostet jedes Mal Gebühren.«*

Lucas Brief lag noch immer ungeöffnet vor ihr,
der letzte hatte sie ziemlich genau vor zwölf
Jahren erreicht. Genau am Tag vor ihrer Hochzeit. Was wollte er? Bestimmt wollte er sich mit
ihr treffen. Vielleicht wollte er im Sommer wieder in Deutschland Straßenkunst machen. Oder
er schrieb von der DanceCompany. Oder er hatte
eine neue Freundin. Jedenfalls schien er es überwunden zu haben. Wurde ja auch Zeit. Man kann
nicht immer nur in der Vergangenheit leben. Aber
warum schrieb er ihr überhaupt? Konnte er sie
nicht in Ruhe lassen? Sie hatte, weiß Gott, schon
genug um die Ohren. Ihre Geige hatte sie seit damals nicht mehr angefasst. Dabei hatte sie immer
sehr gerne gespielt.

*»Ihre Lieblingsbank, Verena Moll. – 400 Euro
sagen Sie? – Ich schaue mal nach. – Tatsächlich,*

dieser Dauerauftrag ist Ihnen in diesem Monat nicht mehr gutgeschrieben worden... – Nein, offenbar wurde er storniert. – Setzen Sie sich doch mal mit ihm in Verbindung und lassen Sie sich erklären, wie es dazu gekommen ist. – Ach so. Das tut mir leid. – Ja, so ist das. Man bemerkt die Daueraufträge erst, wenn sie ausbleiben.«

Ihr Blick fiel wieder auf den Palmzweig. Sie hätte nicht gedacht, dass Luca tatsächlich Deutsch lernen würde. Obwohl er es ihr immer versprochen hatte. Aber er arbeitete auch oft hier. Damals war sie es gewesen, die Italienisch gelernt hatte, damit sie sich verständigen konnten. Er konnte ja kaum Englisch. Wenn er ihren Mann gekannt hätte, würde er aus dem ›M‹ seines Nachnamens bestimmt ein Mietshaus machen. Blumen waren da völlig fehl am Platz. Ein Mietshaus mit fünf Parteien. Quadratisch. Praktisch. Sicher. Bombensichere Rendite für die kommenden hundert Jahre. Damit auch die Kids mal was davon haben würden, später mal. Ihr Mann dachte an die Zukunft. Immer nur durch die Gegend ziehen und von der Hand in den Mund leben, das war doch verantwortungslos. Das konnte man vielleicht einen oder zwei Sommer lang machen, solange man jung war. Aber das hatte doch keine Zukunft. Es war das einzig Richtige gewesen, mit Luca Schluss zu machen.

Aber was hieß schon Schluss machen? Eigentlich war es gar keine richtige Beziehung gewesen. Sie hatten sich doch fast nur im Sommer gesehen. Das war eher ein ausgedehnter Ferienflirt, da konnte man nicht von Schlussmachen reden. Nur einmal war er über Weihnachten zu ihr gekommen, und das war gründlich in die Hose gegangen. Es hatte ja noch ganz nett angefangen, als Luca und sie den Christbaum geschmückt hatten. Mit allem Möglichen, nur nicht mit Kugeln und Lametta. Ihre Mama hatte sich kringelig gelacht, aber Papa fand das gar nicht komisch. Vielleicht war er auch nur eifersüchtig gewesen, weil Mama nur noch von Luca sprach, Luca hier und Luca dort... So einen Krach hatte es Weihnachten noch nie gegeben, und seitdem auch nicht mehr. Papa hatte fast einen Nervenzusammenbruch bekommen. Er hätte gleich etwas sagen sollen. Denn eigentlich hatte er von Anfang an recht gehabt. So gut war sie nicht auf der Geige gewesen, dass es fürs Konservatorium gereicht hätte. Was hätte sie anstelle der Banklehre denn machen sollen? Luca hatte leicht reden. – Was sollte überhaupt dieser Brief? Wenn er es endlich überwunden hatte, schön für ihn. Aber musste er ihr das unbedingt unter die Nase reiben? Oder wollte er ihr zeigen, wie gut er ohne sie zurecht kam, das war doch kindisch. Aus dem Alter mussten sie doch langsam raus sein. Sie hatte ihm doch auch nicht brühwarm von ihrem Mann und der Hochzeit erzählt. Hätte sie denn damals ahnen können, dass Luca mal so gut Deutsch sprechen und ein festes Engagement in Deutschland finden würde? Kommende Woche flog ihr Mann in die USA. Ob Luca schon nächste Woche in der Stadt sein würde? Ihr Mann erzählte ihr wahrscheinlich auch nicht immer alles, wenn er von seinen Dienstreisen zurückkam.

»Verena Moll… Ihre Lieblingsbank. – Ja, Sie meinen unser Garantie-Zertifikat. – Ja, das gibt es noch. Aber wir haben keine Werbung mehr dafür gemacht. – Da profitieren Sie einerseits von der positiven Entwicklung der Kapitalmärkte. In den vergangenen beiden Jahren hätten Sie jeweils über sieben Prozent bekommen. Gleichzeitig gehen Sie praktisch kein Risiko ein. Selbst wenn die Börsen wieder einbrechen: Sie kriegen Ihr Geld am Ende der Laufzeit wieder. Garantiert. – Es ist ein Produkt für Kunden, die Chancen auf Kursgewinne

wahrnehmen wollen, aber die damit verbundenen Risiken scheuen. – Stimmt, eigentlich schließen sich Sicherheit und Rendite aus. Aber unsere cleveren Broker haben auch lange an ihrem Risikomanagement getüftelt.«

Nachdem Schluss gewesen war, hatte Luca sie noch eine Weile mit seinen blöden Briefen bombardiert: *warum, warum, warum???* Irgendwann hatte er damit aufgehört. Fing das jetzt wieder an? Warum konnte er die Zeit nicht einfach in guter Erinnerung behalten? Musste er immer wieder in diesen alten Geschichten herumrühren? Sie hatte keine Lust mehr auf seine Briefe. Er hätte sich mal was anderes ausdenken können. Das Leben ging doch weiter …

Die Arbeiter beeilten sich nicht gerade. Da kam schon wieder eine junge Frau vorbei und alle drehten sich um, fast gleichzeitig. Nur der eine nicht. Er hatte dunkle Haare und war wahrscheinlich ein Türke. Er trug als einziger ein T-Shirt. Irgendetwas stimmte mit dem nicht. Vielleicht war er schwul? Vielleicht auch gläubig? Oder einfach verklemmt. Neulich hatte es schwarz auf weiß in der Zeitung gestanden: Laut geheimen Umfragen gingen zwei Drittel aller Männer und ein

Drittel aller Frauen fremd. Das war normal. Das waren Naturgesetze. Wenn sich alle scheiden lassen würden, die mal fremd gegangen waren, wäre fast niemand mehr verheiratet. Der verklemmte Bauarbeiter hätte sich wahrscheinlich auch gern umgedreht, traute sich aber nicht. Männer waren doch alle gleich. Ihr Mann hatte auch den Portugiesinnen hinterhergeschaut. Die waren auch ganz hübsch anzusehen. Er machte das immer genauso auffällig wie die Bauarbeiter da unten. Früher hätte sie sich darüber noch aufgeregt. Inzwischen betrachtete sie es nüchtern.

Vielleicht hatte Luca ihr deshalb den Brief geschickt. Vielleicht wollte er sich mit ihr auf ein Schäferstündchen treffen. Warum hätte Luca anders als andere Männer sein sollen? Über Naturgesetze konnte auch er sich nicht hinwegsetzen. Auch nicht, indem er Palmzweige auf Briefumschläge malte. Ob ihr Mann abends im Hotelzimmer wirklich nur Fernsehen schaute? Sie wollte es lieber gar nicht so genau wissen.

»Ihre Lieblingsbank. Sie sprechen mit Verena Moll. Was kann ich für Sie tun? – Richtig, das ist unsere Aktion. – Dankeschön, wenn man beruflich telefoniert, gehört die passende Stimme auch dazu. Für

welches Produkt interessieren Sie sich? – Gut, ein
Super-Giro.direkt. – Telefonbanking und online. –
Nein, selbstverständlich auch postalisch. Das wird
zwar selten gemacht, aber die Möglichkeit be-
steht. – Nennen Sie mir bitte Ihren Namen. – Vor-
name. – Straße. – Wohnort. – Postleitzahl. – Gut,
ich schicke die Unterlagen raus. Dieses Produkt ist
übrigens auch nach Ende der Aktion: Gehen-Sie-
mit-uns-fremd für Sie gebührenfrei.«

Da hatten sich die Werbeleute wirklich einen
tollen Namen für die neue Kampagne ausge-
dacht. Von jedem zweiten Kunden kam ein blö-
der Spruch. Widerlich. Sogar von Ewiggestrigen,
die ihr Konto postalisch führen wollten. Aber es
gab halt Menschen, die partout nicht mit der Zeit
gehen wollten. Luca war auch so einer. Immerhin,
Luca hatte beim Telefonbanking angerufen. Ihm
hätte sie auch zugetraut, dass er per Brief Infor-
mationen anforderte, die schon wieder veraltet
waren, wenn er sie aus dem Kuvert holte. Warum
schickte er ihr immer wieder diese blöden Briefe?
Früher hatte sie das noch toll gefunden. Roman-
tisch. Er war der einzige Mann, der ihr je Lie-
besbriefe geschrieben hatte. Seitenweise hatte er
ihre Liebe beschworen, hatte Petrarca-Gedichte

zitiert… Von ihrem Mann hatte sie nur Mails und kurze Messages. Aber wir leben ja auch nicht mehr in der Steinzeit. Und von den vielen Briefen konnte sie sich auch nichts kaufen. Was da wohl drinstand, in dem Brief? Ach, sie wollte es gar nicht so genau wissen.

»Ihre Lieblingsbank, Sie sprechen mit Verena Moll. – Ja, aber glauben Sie bloß nicht alles, was in den Werbeprospekten über so genannte alternative Anlageformen steht: Nachhaltigkeit, kulturelle und soziale Gesichtspunkte, fairer Handel… Die sind auch nicht von der Heilsarmee. – Nein, für uns von der Lieblingsbank ist dieser ganze ethische Krimskrams nachrangig. – Im Interesse unserer Kunden setzen wir auf eine gut durchdachte Balance von Sicherheit und Rendite. – Wenn Sie es so ausdrücken wollen, sind wir tatsächlich recht konventionell aufgestellt.«

Vielleicht sollte sie die Geige mal wieder rausholen. Wo war die überhaupt? Entweder im vorderen Keller oder im Speicher bei den Sachen aus der alten Wohnung. Heute Abend würden sie erst mal grillen. Eigentlich machte sie sich nichts aus Fleisch, aber ihr Mann brauchte es zu jedem

Essen, sonst war das für ihn nur ein Kinderteller. Und vom vielen Fleisch hatte er auch nicht zugenommen. Sie aßen ja nur mageres Fleisch und Geflügel. Aber ihre Kollegen hatten auch alle zugelegt, vielleicht bekamen alle Männer irgendwann eine Wampe? Aber der schüchterne Bauarbeiter war drahtig. – Und Luca auch.

Jetzt schaute sie doch mal nach, was Luca ihr geschrieben hatte: Es waren zwei, drei, vier Seiten, eng beschrieben. Mein Gott, wann sollte sie das denn lesen? Und vor allem wozu? Ihr Blick fiel auf ein rosenumranktes P: »Geht es dir gut, Principessa?« Ärgerlich zerknüllte sie den Brief. Ab in den Papierkorb: Simplify-your-life! Nach dem nächsten Anruf würde sie Mittag machen und das Fleisch holen.

»Ihre Lieblingsbank. Verena Moll, was kann ich für Sie tun? – Entschuldigen Sie, aber ich muss Sie unterbrechen. Bevor Sie mir Ihre ganze Geschichte erzählen… – Das ist eine Nummer zu groß für mich. Ich stelle Sie durch zu unseren Experten für vermögende Privatkunden. – Klar, ich könnte Ihnen schon was sagen. Aber wissen Sie, für solche großen Investitionen bin ich nicht zuständig. Das ist nicht meine Kragenweite.«

Ludwigs letzte Renovierung

Am besten würde er mehrmals laufen, um die ganzen Utensilien in den zweiten Stock zu schaffen. Am Ende verhob Ludwig sich noch an den schweren Eimern. Wann hatte er zum letzten Mal einen Pinsel in der Hand gehabt? Das musste vor 45 Jahren gewesen sein. Fünfundvierzig Jahre, unglaublich. Seine Studentenbude hatte er noch selbst renoviert. In seiner Karlsruher Jungesellenwohnung hatte er nur ein halbes Jahr gewohnt, die musste nicht gestrichen werden. Und die Esslinger Wohnung, in die er mit Gerlinde nach der Hochzeit gezogen war, hatte er streichen lassen, nachdem das Haus in Reutlingen fertig war. Dieselbe Firma hatte Jahre später auch den Bungalow renoviert, den er zusammen mit seiner zweiten Frau Claudia bewohnt hatte. Er war damals viel unterwegs in den USA, geschäftlich, eine schöne Zeit war das gewesen. Wahrscheinlich wäre er jetzt noch bei Claudia, wenn die Affäre mit Ellen nicht aufgeflogen wäre.

Auf den ersten Blick sah die Schule ja ganz passabel aus, aber wenn man genauer hinsah, starrten alle Ritzen vor Schmutz und Dreck. Ekelhaft. Na ja, die öffentliche Hand, was wollte man erwarten, die verkrusteten Strukturen waren ja sprichwörtlich! Das wäre in der Versicherung nie vorgekommen, da war es sauber, beziehungsweise musste alles sauber sein, zumindest an der Oberfläche. Die Schule war das genaue Gegenteil zur Versicherung: das Gebäude schmutzig, aber ein sauberes Geschäft. Trotzdem hatte Isa Schlafstörungen. Sie stand in letzter Zeit immer nachts auf und setzte sich an den Rechner. Ob sie Mails schrieb? Sie hatte sich schon verändert, gerade in den letzten Jahren, sie war sehr viel ernster geworden. Gerade mal sechs Jahre war es her, dass er sie im Flugzeug kennengelernt hatte, Isa hatte gerade ihr zweites Staatsexamen in der Tasche. Sie hatten geheiratet, fast ohne sich zu kennen. Aber sonst passte alles: Sie wollte in Hessen bleiben und hatte eine Stelle an einem Frankfurter Gymnasium bekommen. Und er war zum Ende seiner Karriere endlich in den erweiterten Vorstand aufgerückt und suchte in Frankfurt eine neue Wohnung. Sie wären sich nie begegnet, hätte sie kein Upgrade für die Business-Class bekommen, weil der Flieger überbucht war. Sie hatte ihn auf den ersten Blick umgehauen.

Jetzt mussten die Tische und Stühle raus aus dem Klassenzimmer. Pardon, aus dem Lehrerraum. Klassenzimmer gab es heute nicht mehr, würde Isa ihn korrigieren. Früher hatte sie ihn nicht korrigiert, und ganz früher hätte er sich auch nicht korrigieren lassen. Von Claudia nicht und von Gerlinde erst recht nicht.

Igitt, das war ein Kaugummi. Da klebten überall Kaugummis unter den Tischen. Das hatte es zu seiner Schulzeit noch nicht gegeben, aber seine Schulzeit, die lag auch schon über 51 Jahre zurück. Einundfünfzig Jahre. Da hatte sich viel getan in der Zwischenzeit. Er war ein alter Mann geworden. Es gab keine Klassenzimmer mehr und seine dritte Frau fuhr ihm über den Mund. Und hatte ihm klar gemacht, dass ihr Lehrerraum gestrichen werden musste. Die Stadt hatte kein Geld für Schönheitsreparaturen, aber immerhin wurde die Farbe bezahlt. Dass es sich bei Arbeitszeit auch um eine knappe Ressource handeln könnte, dieser Gedanke hatte sich wohl noch nicht rumgesprochen in der Stadtverwaltung. Ludwig, ehemaliges Mitglied im erweiterten Vorstand von

Europas größtem Versicherungskonzern, ging für einen Tag wieder in die Schule.

Klar, er hätte locker eine Firma beauftragen können. Was hätte das schon gekostet? Auf keinen Fall mehr als einen Tausender. Aber das wollte Isa nicht, dann hätte sie lieber diesen Referendar eingespannt. Neuerdings rief der sogar abends an, bei der Tagesschau, um seinen blöden Unterricht mit Isa zu besprechen. Dann hatte sie auf einmal Zeit. Wenn es um Schule ging, hatte Isa immer Zeit. Nur wenn er mal was mit ihr unternehmen wollte, dann mussten sie aber spätestens um fünf zurück sein. Und unterwegs redete sie von nichts anderem als von Eltern, Schülern und Kollegen. Nur von dem Referendar erzählte sie nichts.

Jetzt ging es ans Abkleben. Vor 45 Jahren gab es zwar diese schön abgepackten Abdeckplanen aus Kunststoff noch nicht, aber am Prinzip hatte sich nichts verändert: Die Zeit, die man für das sorgfältige Abkleben verwendete, sparte man am Schluss bei der Reinigung. Man konnte es natürlich auch übertreiben mit dem Abkleben. Wenn er jetzt zwei Tage lang abklebte, könnte er diese Zeit bei der Reinigung niemals wieder reinholen. Letztlich war es eine einfache Funktion: Die Zeit zum Abkleben wurde der Reinigungszeit zugeordnet. Er musste die Abklebezeit so optimieren, dass die Summe aus Abklebezeit und Reinigungszeit minimiert wurde. Es ging also nicht um ein optimales Abkleben per se, sondern um pareto-optimales Arbeiten nach der Achtzig-zwanzig-Regel. Isa begriff das einfach nicht. Wie oft hatte er ihr schon Vorträge über den italienischen Ökonomen Vilfredo Pareto gehalten, umsonst. Schule hatte eben auch mit Ökonomie zu tun, auch wenn Isa das nicht wahrhaben wollte. Sie gab sich lieber ihrem Perfektionismus hin, deshalb hatte sie auch kaum Zeit für ihn.

Das Nervige am Abkleben war, dass man nicht gleich mit dem Streichen anfangen konnte. Streichen war viel schöner als Abkleben. Beim Streichen erzielte man unmittelbar das erwünschte Resultat. Das Abkleben hatte als vorbereitende Tätigkeit keinen Wert an sich. Es diente der Vorsorge, und die machte nie Spaß. Wer bediente denn gerne eine Lebensversicherung jahrzehntelang? Er erinnerte sich an die Renovierung seiner Studentenbude: Damals hatte er aufs Abkleben ganz verzichtet und nachher zwei Tage lang geputzt. Daran bemerkte er, wie sehr er sich in den letzten Jahrzehnten verändert hatte. Sicherheit war ihm wichtig geworden. Er legte viel größeren

Wert auf Vorsorge als noch als junger Mann. Auch das Streichen diente der Vorsorge. Damit Isa nicht wieder sagen konnte, er tue nichts für sie, außer Geld auszugeben. Sie, Isa, sei aber nicht käuflich. Indem er ihren Lehrerraum strich, sicherte er sich gegen Vorwürfe ab: Er stellte unter Beweis, wie viel ihm seine dritte Ehe bedeutete, dass er Isa mehr liebte als seine beiden ersten Frauen zusammen. Auf andere Weise war ihm das in letzter Zeit nur noch selten gelungen.

Mit einem langen Stiel rührte er Weiß und Gelb zusammen. Die Oberfläche zeigte ein wunderschön marmorierendes Farbenspiel, er zeichnete wieder und wieder Wirbel und Bögen, bis sich irgendwann die Farbe ganz verteilt hatte und ein langweiliges, mehr oder weniger abgetöntes Weiß zurückließ. Es war fast derselbe vornehme Farbton entstanden, den Claudia damals in Reutlingen für das Esszimmer ausgesucht hatte. Es hatte keinen Sinn mehr, weiter zu rühren. Irgendwann war auch aus der Ehe mit Claudia die Luft raus gewesen. Mittlerweile ahnte er, dass es vielleicht nicht nur darauf ankam. Ahnte Isa das auch? Zumal es mit Kindern ja nicht geklappt hatte. Indem er den Lehrerraum strich, hatte er wenigstens verhindert, dass Isa es mit dem Referendar zusammen machte.

Die Spinnweben mussten auch abgekehrt werden. Wenn man darauf achtete, gab es plötzlich überall Spinnweben. Wenn das Leben ein Zimmer wäre, wären da auch Spinnweben. In seinem ganzen Leben hatte er noch keine einzige beseitigt, er war lieber gleich in ein neues Haus gezogen. Dieses Klein-Klein war noch nie seine Sache gewesen. Wo kamen diese blöden Spinnweben eigentlich her, weit und breit gab es keine Spinne! Vielleicht hatte es vor vielen Jahren mal eine Spinne gegeben, als der Lehrerraum noch ein Klassenzimmer war. Und diese Spinne hatte ihre Spuren hinterlassen: Spuren, die bisher noch niemand beseitigt hatte. Seine Spuren in der Versicherung waren gleich beseitigt worden, noch bevor sie ihn in Altersteilzeit geschickt hatten. Gut, sie hatten sein Überschuss-Kapital-Modell nicht gänzlich verworfen, sondern so lange weiterentwickelt, bis nichts mehr davon übrig war. Eigentlich war es eine Ehre, dass sie sein Überschuss-Kapital-Modell so schnell gekippt hatten. Es hatte Bedeutung, anders als die blöden Spinnweben, die man getrost noch ein paar Jahre hängen lassen konnte. Trotzdem war es bitter, er hatte sich Jahrzehnte dafür stark gemacht, es gegen Widersacher durchgesetzt. Und dann verschwand es mit ihm zusammen in der Versenkung. So eine Verabschiedungsfeier war eigentlich nichts anderes als eine Beerdigung, die man selbst miterlebte. Aber so war das nun einmal, Modelle kamen und gingen, genau wie die Mitarbeiter, die Ehepartner, die Menschen. In zwanzig Jahren würde vielleicht irgendein Osteuropäer diesen Lehrerraum streichen oder irgendein Leiharbeiter. Dann hieße der Lehrerraum vielleicht auch wieder Klassenzimmer, oder es gäbe irgendein finnisches Fremdwort dafür. Bei der Bildung waren die Finnen Weltmarktführer. Ob er in zwanzig Jahren überhaupt noch lebte? Statistisch würde die Luft schon in sieben, acht Jahren langsam dünn, dann wäre Isa gerade mal vierzig. Sterbetafeln waren sein Geschäft. Gewesen, damals bei der Versicherung.

Sollte er zunächst die Ecken mit dem Pinsel bearbeiten? Oder mit der Rolle auf die ganze Wand losgehen? Auf diese mühsame Pinselei hatte er gar keine Lust. Das Arbeiten mit der Rolle machte mehr Spaß, da sah man wenigstens, wie es voranging. Aber hier ging es nicht nach dem Lustprinzip, es ging darum, in möglichst kurzer Zeit ein optimales Ergebnis zu erzielen. Aus Gründen der Zeitökonomie war es nicht sinnvoll, nur einen einzigen Quadratzentimeter mit dem Pinsel zu bearbeiten, den man auch mit der Rolle hätte abdecken können. Also würde er erst dann auf den Pinsel umzusteigen, wenn er mit der Rolle nicht mehr weiterkam. In diesem Fall führte das Lustprinzip nicht in die Irre. Oft war es richtig, der eigenen Lust zu folgen, aber manchmal war es falsch, zum Beispiel beim Abkleben. Auch Isa hätte er nicht heiraten sollen. Den Altersunterschied hatte er unterschätzt. Und tägliches Rudern und Radeln auf dem Heimtrainer machten aus einem 65-jährigen keinen jungen Mann. Das hatte er schwarz auf weiß, sie hatten sein Sperma untersucht. Was für ein Unsinn, diese Redewendung vom zweiten Frühling. Man sollte vielmehr von sonnigen Herbsttagen sprechen. Wenn man einen schlechten Börsentag während einer Hausse direkt neben einen guten Börsentag während einer Baisse legte, dann führte das in die Irre. Genau, wie wenn man einen verregneten Tag im Mai mit einem sonnigen Tag im Oktober verglich. Auch der Herbst hatte seinen Reiz mit seinen bunten Blättern. Aber deswegen wurde aus dem Herbst noch lange kein Frühjahr. Die langfristige Perspektive war eine andere. Ludwigs Tage wurden nicht länger, sondern kürzer.

Wahnsinn, wie schnell er vorwärts kam mit der Rolle. Jetzt hatte er in gerade mal einer halben Stunde fast die ganze Wand gestrichen. Aber das täuschte, das Gröbste hatte er zwar erledigt, aber was wirklich Zeit kostete, war die Feinarbeit. Im Job hatte er diese Feinarbeit eigentlich immer anderen überlassen. Er selber war auf der Überholspur unterwegs gewesen. Vielleicht fehlte ihm da was, vielleicht hatte er eine Lektion verpasst. Freude machte es zwar nicht, langsam vor sich hinzukrepeln, aber vielleicht hatte es auch seine Vorteile. Nüchtern betrachtet, war es ja keineswegs klug, ein neues Haus zu beziehen, anstatt die Spinnweben im alten zu entfernen. Ständig mit Vollgas unterwegs zu sein, bedeutete Raubbau an den eigenen Ressourcen. Das Leben war doch kein Autorennen. Der Referendar hätte den Lehrerraum vielleicht schneller gestrichen als er, aber was ging ihn eigentlich dieser verdammte Referendar an? Es ging um ihn und Isa. Und konnte er Isa wirklich mit gutem Gewissen vorwerfen, dass sie ständig an ihm rumnörgelte? Eigentlich war es doch allein seine Schuld, dass er noch immer auf dem Nürburgring unterwegs war. Als Oldtimer.

Auf den ersten Blick war er fast fertig, aber jetzt begann die Feinarbeit. Nach der Achtzig-zwanzig-Regel wäre er fertig. Aber in der Schule musste man mehr schaffen als das Pareto-Optimum, sagte Isa immer. Vor allem, weil es nicht um irgendein Klassenzimmer ging, sondern um Isas Lehrerraum. Er konnte also noch mal von vorne anfangen, diesmal aber mit dem Pinsel. Was er gestrichen hatte, sah überhaupt nicht gleichmäßig aus. Hatte er unsauber gearbeitet? Oder lag es einfach daran, dass die Wand nicht gleichmäßig trocknete? Damals vor fünfundvierzig Jahren bei seiner Studentenbude war er wieder und wieder drübergegangen, hatte aber immer nur vorläufig verhindern können, dass die Wand während des Trocknens etwas scheckig aussah. Er brauchte Geduld. Geduld, weil es mit dem Pinsel nur so mühsam vorwärtsging. Und Geduld, bis die Farbe ganz getrocknet war. Dann konnte er in Ruhe Korrekturen vornehmen. Eigentlich ist es doch ganz einfach, geduldig zu sein. Warum war ihm das immer so schwergefallen? Er hatte diese Unruhe in sich, er konnte nichts in Ruhe abwarten. Dabei war es klug, ab und zu runterzuschalten und ein bisschen nachzudenken. Dann wäre er bestimmt früher im erweiterten Vorstand angekommen oder hätte es sogar bis in den Vorstand geschafft. Bestimmt hätte er sich nicht zweimal scheiden lassen! Die erste Trennung war Pflicht, mit Gerlinde war es furchtbar. Aber gegen Claudia gab es nüchtern betrachtet wenig einzuwenden. Die Sache mit Ellen hätte einfach nicht auffliegen dürfen, er war viel zu nachlässig gewesen. Und zu rastlos, um ein vornehm abgetöntes Eheleben zu genießen. Als es nicht mehr ganz so lief, hatte die Affäre begonnen. Wenn er Schnipp machen könnte, wäre er wieder mit Claudia verheiratet, würde mit ihr ins Theater gehen und sich von ihr die Stücke erklären lassen. Sie hatte Stil.

Eigentlich war es doch sogar ganz gemütlich, in Ruhe mit dem Pinsel vor sich hin zu werkeln. Warum war er eigentlich immer so hektisch unterwegs? Niemand hetzte ihn. Er war doch schon alt. Jetzt machte es ihm sogar Spaß, gemächlich mit einem Pinsel Farbe in die Ecken eines öffentlichen Gebäudes zu schmieren. Und eigentlich war es gar nicht so schlimm, alt zu sein. Als er so alt war wie dieser Referendar, hätte er diese Pinselei nicht ausgehalten. Als er so alt war wie dieser Referendar, war er aber auch besser in Schuss. Einen Bauchansatz hatte er damals zumindest nicht und mit dreißig hatte er auch noch keine Geheimratsecken. Aber das spielte alles keine Rolle, denn als er dreißig war, war Isa noch nicht einmal geboren. Er würde auch nie wieder dreißig sein. Es war einzig und allein seine Schuld, dass er eine Frau geheiratet hatte, die seine Tochter sein könnte, diese Suppe hatte er sich selber eingebrockt. Da konnte auch der Referendar nichts dafür. Aber hätte er vorhersehen können, was fünf Jahre Schuldienst aus diesem entzückenden Fräulein damals im Flugzeug machen würden? Vielleicht schon: Kleine Eisbären hatten alle lieb. Aber wenn sie mal ausgewachsen waren, sollte man sich in Acht nehmen. Auch Baby-Drachen sind putzig. Und spucken noch nicht richtig Feuer, höchstens eine kleine Flamme wie bei einem Feuerzeug. Aber inzwischen war der kleine, süße Drache Isa groß geworden. Er hatte einfach unterschätzt, was es bedeutete, eine so viel jüngere Frau zu heiraten.

Was stand da an der Tafel? »Evolution versus Revolution.« War das Biologie? Nein, Geschichte. »Evolution – Veränderung durch allmähliche Entwicklung über einen langen Zeitraum hinweg, z. B. Emanzipation der Frau. Revolution – Veränderung durch einen gesellschaftlichen Umsturz,

z. B. Französische Revolution. Evolution – meist friedlich. Revolution – meist gewaltsam.« – In seinem Leben hatte eine Revolution die nächste gejagt, da könnte er fast ein Buch darüber schreiben. Die Scheidungen waren zwar nicht blutig, aber tränenreich gewesen, zumindest für Gerlinde und Claudia. Und auch in der Firma hatte er mehr als eine Schlacht geschlagen, hatte mit Erfolg am Stuhl eines früheren Vorstandsmitgliedes gesägt, sonst hätte er das Kapital-Überschuss-Modell niemals durchgesetzt. Aber trotz aller Umwälzungen hatte er sich persönlich nicht verändert. Wie in diesem berühmten Lied von Frank Sinatra: »I did it my way.« Er war sich treu geblieben. Aber konnte er darauf stolz sein? Eigentlich war das doch auch sein Problem. Deshalb drehte er noch immer seine Runden auf dem Nürburgring. Wenn Claudia noch seine Frau wäre, hätte er sein Sperma bestimmt nicht untersuchen lassen müssen. Und für irgendwelche dreißigjährigen Referendare mit Geheimratsecken und Bauchansatz hätte er allenfalls ein müdes Lächeln übrig. Stattdessen musste er mitansehen, wie Isa, während sie mit diesem Referendar telefonierte, mit ihrem offenen Haar spielte. Das war die jüngste Revolution in seinem Leben. Bislang mussten immer

68

andere die Spinnweben entfernen, die er zurückgelassen hatte. Jetzt waren alle Spinnweben, die er nicht entfernt hatte, auf einmal wieder aufgetaucht und sein neues Schloss entpuppte sich als Drachenhort. Vielleicht war das die gerechte Strafe dafür, dass so viele Menschen unter ihm leiden mussten. Wer nicht ordentlich abklebte, musste zur Strafe putzen. Und wer seine Ehefrauen ohne Grund verließ, musste zur Strafe Lehrerräume streichen. Aber war das überhaupt eine Strafe? Immerhin war er für einen Tag dem Drachen entkommen. Einen Tag hatte er sich ertrotzt, einen späten, allerletzten Schultag, um über Geduld nachzudenken und über Revolution und Evolution. Er könnte sein Leben ändern und fortan wie ein alter Mann leben, überall gemächlich mit dem Pinsel Farbe auftragen, z. B. den Zaun streichen, wie der Opa mit der grünen Strickweste in der Bonbon-Werbung. Das wäre eine Revolution, wenn er wie ein ordentlicher Siebzigjähriger morgen ins Kaufhaus ginge und sich eine grüne, nein, noch besser eine graue Strickjacke kaufte, aber eine mit großen Knöpfen, die er auch noch alleine zumachen konnte, wenn seine Hände mal ganz tatterig würden. Das tägliche Rudern und Radfahren auf dem Heimtrainer könnte er einfach sein lassen und stattdessen wöchentlich einen kräftigenden Spaziergang unternehmen, mit einem Spazierstock, und unterwegs ausgiebig pausieren und Brotreste an die Enten verfüttern. Isa würde ganz schön dumm aus der Wäsche gucken. Sollte sie doch zu ihrem Referendar gehen und dort mit ihren Haaren spielen. Was ging ihn das an?

Vielleicht war alles Schicksal. Schließlich hätte er auch anders in den Drachenhort geraten können. Zum Beispiel, wenn seiner Frau Claudia etwas zugestoßen oder wenn er krank geworden wäre. Blödsinn, ausgleichende Gerechtigkeit, Schicksal, all das gab es nicht. Das waren rein intellektuelle Konstruktionen, religiöse Spinnereien, um die Benachteiligten zu trösten. Weil man es nicht ertragen konnte, wie ungerecht es zuging auf der Welt. Es galt das Recht des Stärkeren. Der Löwe fraß die Antilope und nicht umgekehrt. Der Löwe hatte es gut mit seinem Harem, konnte sich Jahre, Jahrzehnte lang aussuchen, welches seiner Weibchen er zuerst begatten wollte. Bis irgendwann ein junger Löwe kam. Dann gab es einen kurzen Kampf, der Alte wurde vertrieben, schlug sich als Greis noch ein paar Jahre alleine durchs Leben und das war's dann. Schön war das nicht, aus dem eigenen

Harem vertrieben zu werden, aber das waren die Gesetze der Natur, die er gerade am eigenen Leib zu spüren bekam. Bei Wölfen war es ähnlich. Er war immer ein Leitwolf gewesen. Vielleicht konnte er diesen Referendar gerade noch wegbeißen, aber dann würde irgendwann ein anderer kommen und ihm das Weibchen wegnehmen. Früher oder später war es an der Zeit, das Feld zu räumen. Er würde das würdig tun, mit erhobenem Haupt. Vielleicht gab es irgendwelche Sittiche, die Körner fraßen und einander ein Leben lang treu waren. Aber er war immer ein Raubtier gewesen, ein Leitwolf. Er wollte nie ein Sittich sein. Lieber ein Leidwolf als ein Sittich.

Jetzt hatte er zwei Drittel von der Pinselei geschafft. Schon sechs Stunden war er am Streichen. Er hatte ziemlich sauber gearbeitet, die Abdeckplane hätte man fast noch einmal benutzen können. Es war verrückt, damals hatte er auf das Abkleben verzichtet und nachher tagelang geputzt. Und fünfzig Jahre später hatte er über zwei Stunden lang sorgfältig abgeklebt, aber völlig umsonst. Und die Moral von der Geschicht: Übertreib es mit der Vorsicht nicht. Nur deswegen konnte ein Versicherungskonzern überhaupt existieren: Die

Leute sicherten sich gegen Risiken ab, die höchstwahrscheinlich nie eintreten würden. Denn es traten immer die Risiken ein, die man nicht vorhersah, Murphy's Law. Er hätte nicht vorhersehen können, was für ein Schicksalsschlag ihm widerfahren würde. Deshalb brauchte er sich auch keine Vorwürfe zu machen, wenn Isa ihn in die Wüste jagte. Denn wenn er das vorhergesehen hätte, wäre ihm irgendetwas anderes zugestoßen.

Jetzt spürte er seinen rechten Arm und den Rücken. Aber so war das halt, er war ja keine zweiundzwanzig mehr. An diese einseitigen Belastungen war er einfach nicht mehr gewöhnt. Da halfen tägliches Rudern und Radfahren auch nicht. Er würde sich erst dann eine Pause gönnen, wenn er mit dem ersten Durchgang fertig wäre. Viel fehlte ja nicht, nur noch die eine Wand, oben und unten. Inzwischen ging er viel sicherer mit dem Pinsel um und es störte ihn überhaupt nicht mehr, dass es nur so langsam voranging. Vielmehr hatte er seinen eigenen Rhythmus von Farbaufnahme und Verstreichen gefunden. Er konnte sich nicht erinnern, wann er zuletzt so ruhig und konzentriert an einer Sache gearbeitet hatte. Vielleicht damals bei den Berechnungen seines Kapital-Überschuss-Modells.

In den letzten Jahren konnte fast jeder Abiturient mit der Tabellenkalkulation die verschiedenen Szenarien simulieren, wenn man ein bisschen an den Koeffizienten herumspielte. Früher hatte er das alles zu Fuß mit numerischen Verfahren annähern müssen. Sein Nachfolger hatte nicht einmal mehr ordentlich Mathematik studiert, sondern Informatik und BWL. Diese Betriebswirte mit ihrer Grundschul-Mathematik, das war wie ein Virus, der sich allmählich ausgebreitet hatte. Eigentlich konnte er froh sein, dass er mittlerweile im Ruhestand war und sich nicht mehr mit diesen Hochstaplern herumärgern musste, deren Kernkompetenz darin bestand, heiße Luft in Form von bunten Diagrammen an die Wand zu werfen. Sogar in diesem abgewrackten Klassenzimmer war inzwischen unter der Decke so ein Beamer montiert. Die Welt war in die Hände von Illusionisten gefallen. Isa hatte von einer Unterrichtsstunde erzählt, die dieser Referendar dem Schulleiter vorgeführt hatte: Die Schüler einer fünften Klassen mussten über eine Stunde lang im Akkord Papiertüten kleben. Am Schluss der Stunde wurden bunte Diagrammen an die Wand projiziert, was Straßenkinder in Indien sich von ihrem Lohn kaufen konnten, die täglich zehn Stunden lang Papiertüten klebten: gerade mal einen halben Laib Brot. Simulation hieß diese Unterrichtsmethode. Die Schüler nahmen die verspätete Grundschul-Bastel-Stunde hin, aber hatten bis zum Schluss eigentlich gar nicht begriffen, worum es eigentlich ging. Einer hatte sich sogar gemeldet und gesagt, dass das Tütenkleben ja richtig viel Spaß gemacht hätte und dass er die Straßenkinder um diese Arbeit beneiden würde. Immerhin durften sie den ganzen Tag Tüten kleben, anstatt in die Schule gehen zu müssen. Das hatte der Ausbilder aber glücklicherweise überhört, weil er so beeindruckt war von der Medienkompetenz des Lehramtsanwärters und den nichtssagenden Kuchen- und Säulendiagrammen, die er sonst nur von der Wahlberichterstattung im Fernsehen her kannte. Und Isa hatte diesen Schwachsinn sogar mit dem Referendar ausgeheckt, Pardon konzipiert, und zwar in didaktisch-methodischen Dienstgesprächen. Zu denen sie ihren karierten Minirock angezogen hatte. Diese eminent wichtigen Besprechungen hatten mehrere Stunden gedauert. Schienen Isa eher zu befriedigen als er, Ludwig, ihr Ehemann. So einen Firlefanz hätte es damals in seinem Gymnasium nicht gegeben. Er verstand die jungen Leute einfach nicht mehr.

Nur noch zwei Meter. Nein, er würde erst dann eine Pause einlegen, wenn er mit dem ersten Durchgang fertig war, dann konnte in der Zwischenzeit die Farbe trocknen. Langsam bekam er Hunger. Er könnte vielleicht Isa anrufen, sie war bestimmt neugierig, wie ihr Lehrerraum jetzt aussah. Dann könnten sie zusammen was essen gehen, in der Nähe gab es einen guten Italiener. Aber auch nicht zu edel, sonst würde Isa ihm wieder vorwerfen, er wäre verschwenderisch. Hoffentlich gefiel ihr der Farbton. Bevor er sie anrief, musste er unbedingt noch mal genau prüfen, ob er nicht an manchen Stellen ungenau gearbeitet hatte. Das würde Isa sofort auffallen. Sie hatte Augen dafür, wenn irgendetwas nicht hundertprozentig war. Das war aber nicht böse gemeint, das war einfach ihr Perfektionismus. So betrieb sie alles im Leben, deshalb konnte sie mit der Achtzig-zwanzig-Regel auch nichts anfangen. Vielleicht sollte er jemanden beauftragen, den Lehrerraum professionell zu reinigen. Er hatte immerhin schon gestrichen, man musste ja nicht alles alleine machen. Er würde Isa alles zeigen und dann mit ihr zum Italiener gehen. Dann würde er heimlich den Putzservice kommen lassen, der auch für die Versicherung arbeitete. Er kannte den Chef seit

Jahren, Ludwig hatte noch was gut bei ihm. Und dann würden sie vom Italiener zurückkommen, mit irgendeinem Vorwand würde er Isa noch mal ins Klassenzimmer locken und der ganze Lehrerraum würde blitzblank erstrahlen. Er würde sich dumm stellen und so tun, als wüsste er von nichts. Und dann würde er sagen, dass es die Heinzelmännchen gewesen sein mussten. Oder noch besser, dass sie zusammen, Isa und Ludwig, dass sie zusammen vielleicht doch über magische Kräfte verfügten. Dann würde er Isa ausführen, vielleicht in die Hotelbar des Interconti. Er würde einfach die bekleckerten Sachen vom Streichen anbehalten. Die Leute würden denken: Kann sich denn der Anstreicher das überhaupt leisten, hier so viele Cocktails zu trinken? Aber sollten die Leute doch denken, was sie wollten. Was ging ihn das an? Solange er bezahlte und großzügig Trinkgeld gab, würde keiner wagen, etwas zu sagen. Und er könnte sich auch noch mehr leisten, auch die Suite. Mit Claudia hatte er mal eine Nacht dort verbracht. Und zu zweit eine Magnumflasche Schampus leer getrunken. Im Laufe der Nacht, immer dazwischen gab es ein Glas oder zwei.

Hier bei dem Schalter schimmerte noch das alte schmutzige Grau durch. Und hinter der Leiste hatte er auch ein Fleckchen vergessen. Aber ansonsten sah es gut aus. Die erste Wand war inzwischen getrocknet und sah ganz gleichmäßig aus. Egal wie heruntergekommen ein Raum auf den ersten Blick schien, wenn man ordentlich drüberstrich, sah man nicht mehr, was darunter lag. Das nannte man renovieren. Stolz rief er zu Hause an: »Hallo Isa!« – »Ich mach' gleich 'ne kleine Pause ...« – »Aber ich muss doch eh warten, bis die Farbe trocknet. Hast du Lust, kommst du mit zum Italiener?« – »Und was macht ihr?« – »Ach so.« – »Dann viel Erfolg.« – »Danke, mein Isa-Schatz.« Dann würde er eben alleine essen gehen.

Das Fleisch war okay gewesen, aber der Wein hatte nicht so gut dazu gepasst. Man sollte in solchen Lokalitäten nicht auf die Empfehlung des Kellners vertrauen. Na ja, beeilen musste er sich jedenfalls nicht, Isa war den Abend über beschäftigt. Einen Reinigungsdienst brauchte er auch nicht, er wollte ja nicht stören bei den Vorbereitungen für die Unterrichtsreihe über sozialen Wandel. Er hatte zwar einen ganzen Arbeitstag auf einen Null-Euro-Job verwendet. Aber so tief würde er nicht sinken, im eigenen Hause die Anstandsdame zu spielen. Die Wände sahen toll aus. Und wenn es in diesem prächtigen Lehrerraum ein paar unsaubere Stellen gab, dann passte das eigentlich ganz gut zu Isa. Und wenn sie es wagen würde, auch nur ein Wort darüber zu verlieren, würde sie ihn kennenlernen.

Die Abdeckfolie war immer noch wie neu. Das sorgfältige Abkleben hätte er sich sparen können. Dann hätte er Isa vielleicht zwei Stunden früher zum Italiener einladen können. Er hatte keine Flecken hinterlassen. Heute nicht. Er hatte den Lehrerraum instand gesetzt, den die öffentliche Hand in den letzten zwanzig Jahren hatte vergammeln lassen. Jeden Tag eine gute Tat. Dann wischte er auch noch durch. Wenn schon, denn schon. Ludwig mochte keine halben Sachen mehr. Wenn Isa am Montag in die Schule kam, sollte der Lehrerraum blinken. Das wäre doch ein schöner Gruß von ihm. Sein Abschiedsgruß, vielleicht.

Jetzt mussten die ganzen Tische und Stühle wieder zurück. Igitt, schon wieder ein Kaugummi. Widerlich, einfach widerlich war das. Schon wieder. Überall diese Kaugummis. Jetzt reichte es ihm damit. Warum klebten die Schüler überall diese ekelhaften Kaugummis unter die Bänke? Scheußlich. Während der Lehrer vorne etwas von der Französischen Revolution erzählte, drückten die Schüler Kaugummis platt, hauchdünn, wie mit einem Nudelholz und stachen wütende Löcher mit dem Bleistift hinein, graue kleine Abgründe, sodass unter der Bank eine Kraterlandschaft entstand. Auf der Oberfläche des Tisches war davon nichts zu sehen. Da lag ein Geschichtsbuch, säuberlich aufgeschlagen auf Seite 267. Das war ihre Art der Revolution, die Revolution der Schüler. Die Gedanken waren nicht frei in der Schule, zumindest nicht während des Unterrichts. Aber unter der Bank durfte man Kaugummis zerquetschen. Eine Übersprungshandlung. Ekelhaft. Es war einfach ekelhaft. Unter fast allen Tischen diese platt gedrückten Kaugummis. Manche sahen aus wie verlaufene Tintenkleckse. Er erkannte die Umrisse der Vereinigten Staaten. Mit Ellen, das war eine schöne Zeit. Er, gerade er, konnte Isa eigentlich keinen Vorwurf machen. Er war keinen Deut besser gewesen. Die Ehe mit Claudia hatte er auf dem Gewissen. Er weichte Amerika in Seifenlauge ein. Was musste denn so dringend vorbereitet werden am Samstagabend? Wütend zuckte Ludwig sein Taschenmesser. Er kratzte verzweifelt. Er kratzte und kratzte. Trug sie wieder diesen karierten Minirock? Er schmierte die abgekratzten Kaugummifetzen am Mülleimer ab. Es war das erste Mal, dass er den Dreck anderer Leute entfernte und nicht umgekehrt. Als er damit fertig war, war er dennoch sehr zufrieden.

* * *

Spät in der Nacht kehrte er nach Hause zurück, der Referendar war gerade gegangen. Isa hatte schön aufgeräumt und begrüßte ihren lieben alten Ludwig mit einem Küsschen.

Die Elixiere des Notars

Der bunte Beutel war prall gefüllt mit Schmerz-mitteln. Der Notar trug ihn mit beiden Händen, wie ein Erstklässler seine Schultüte. Er verließ die onkologische Klinik auf eigenen Wunsch, gegen den ärztlichen Rat und auf eigenes Risiko. Fest entschlossen schwankte er zum Ausgang. Wäre seine Tochter nicht in der Klinikapotheke an-gestellt gewesen und hätte ausnahmsweise nicht sie diesmal die Bestände der abgelaufenen Betäu-bungsmittel überprüft... die Wundertüte wäre nur ein fantastischer Traum jenseits des Betäu-bungsmittelgesetzes geblieben. Wie leicht solche Präparate doch in unbefugte Hände gerieten.

Der alte todkranke Mann schlüpfte durch eine Lücke im System. Für eine kurze Weile würde das irrlichternde Gespenst seinen Schabernack treiben und alles infrage stellen, was nach billigem Ermes-sen die Wahrheit war.

Bevor er auszog, das Leben zu lernen, machte der Notar in der Cafeteria eine letzte Rast. Für fünfzig Cent, die er für Pfennig hielt, trank er einen lieblos zubereiteten Beuteltee und ließ seinen Blick über illustrierte Zeitschriften schweifen: Bezaubernde Prinzessinnen legten den Kopf leicht in den Nacken und lächelten ahnungsvoll. Leider konnte der Notar nirgends ihre Schuhe entdecken… Etwas Besseres als den Tod würde der Notar sicher nicht finden. Dennoch wollte er noch einmal in die Welt gehen und dem Tod lieber lächelnd entgegenschlendern, anstatt sein Kommen im blütenweißen Kerker der Klinik herbeizusehnen. Sein ganzes Leben hatte aus notariellen Terminen bestanden. War man als Notar auf der Bühne des Lebens denn mehr als ein Statist? Zumindest seine letzte Frist würde er sich nicht mehr aus der Hand nehmen lassen.

Während seines Daseins als Notar hatte er große Mengen an Lebenselixier angespart. Er war immer sehr geizig – zu geizig – mit seinem Lebenselixier umgegangen, hatte allenfalls am Wochenende oder im Urlaub mal ein Tröpfchen zerstäubt, im Notariat blieb die bauchige Flasche jedoch stets fest verkorkt. Er hatte wie eine Marionette agiert, die von unsichtbaren Mächten an den Fäden der Pflicht und des Rechts geführt wurde. Dabei war sein Körper schneller gealtert als seine Seele, sodass ihm jetzt nichts anderes übrig blieb, als das Elixier verschwenderisch in seine letzten Tage zu gießen.

Nach dem langen Aufenthalt in der Klinik schienen die Farben um ihn herum bunter zu sein. Vielleicht hatte das aber auch mit den Wunderpillen seiner Tochter zu tun. Er erinnerte sich, wie er früher aus dem Notariat geradezu nach Hause geflüchtet war. Nirgendwo hatte er sich aufhalten lassen. Es konnte ihm gar nicht schnell genug gehen, bis er endlich mit Frau und Kind am säuberlich gedeckten Tisch Platz nehmen konnte.

Langsam spazierte der alte Notar an seinem Stock durch die Alleen, die von mächtigen Kastanien und Jugendstilvillen gesäumt waren. Gesichter blickten von den Fassaden herab. Ein stilisierter Männerkopf erinnerte ihn an Neptun. Sein wilder Haarschopf schien im Winde zu wehen, als er sich dem Notar plötzlich zuwandte und einladend flüsterte: »Komm ins Wasser!« Erschrocken drehte sich der Notar weg und erblickte an den benachbarten Giebeln drei Nymphen, deren verzückte Züge vor Lust oder Schmerz entgleisten. Merkwürdig berührt, wandte er sich abrupt ab, doch sein geheimes Verlangen war stärker. Er besah sie sich genauer und tastete sie mit lüsternen

Blicken ab. Die Nymphen schienen sich selbst zu genügen. Aber er fragte sich, ob sie denn immer barfuß waren.

Das Mienenspiel der Nymphen erinnerte ihn an Hermann Hesses verbotene Bücher. Als junger Gymnasiast hatte er darin gelesen, man könne auf den Gesichtern der Frauen die Lust der Empfängnis nicht vom Schmerz der Geburt unterscheiden. Wenige Jahre später aber hatte er jedes Interesse daran verloren.

Die Nymphen waren nach wie vor beschäftigt. Den Gott des Meeres hingegen sperrte der Notar bewusst aus seinem Gesichtsfeld aus. Der Jurist wollte Neptun keinesfalls erzürnen, obwohl er dessen Argwohn bereits von der Seite her zu spüren vermeinte. Sicherlich hatte der Meeresgott mit seinen drei Nymphen und ihren Leidenschaften alle Hände voll zu tun. Nach einem anstrengenden Tag war dem Notar damals schon eine einzige Frau zu viel gewesen.

Der Notar entdeckte auf dem Bürgersteig frisch Gebrochenes. Es sah aus wie Erbseneintopf, Ochsenschwanzsuppe oder ein ganz alter Treueschwur. Wiederum musste er an seine Frau denken. Falls sie jemals die Treue gebrochen haben sollte, brauchte sie deswegen kein schlechtes Gewissen zu haben. Schließlich standen den ehelichen Pflichten der Frau ebenso die ehelichen Rechte des Gatten gegenüber. Wenn dieser jedoch seine Rechte durch Untätigkeit verwirkte, würde der gegenseitige Vertrag zumindest partiell ungültig. Doch es war nun einmal so: Das maskenhafte Lächeln, mit dem sie Tag für Tag ihre Suppe gelöffelt hatte, und ihre bedauerliche Vorliebe für absatzlose Schuhe hatten sein Verlangen eingeschläfert. Es dämmerte. Der Notar schob sich langsam durch das Zwielicht und dachte nicht einen Augenblick daran, nach Hause zu gehen. Er hatte sich nie gefragt, wie es um das wahre Gesicht seiner Frau unter der Maske wohl bestellt war. Eigentlich sehr bedauerlich.

Als der Notar nach einigen Abzweigungen einen verlorenen Platz erreichte, setzte jäh ein Brausen und ein Tosen ein. In der Mitte erhob sich eine mächtige Eiche aus dem felsigen Boden. Eine Horde Germanen wäre nur mit Mühe davon abzubringen gewesen, unverzüglich Gericht zu halten. Aber der Notar war noch nicht so weit. Außerdem hatten diese Wilden keine Ahnung von der gültigen Strafprozessordnung.

Im Halbdunkel tauchten schemenhaft erste Gestalten auf, der Platz begann sich zu füllen. Ein falscher Schutzmann regelte den Auflauf mit einer Suppenkelle. Er hatte sich seine Uniform aus Karton, Filz und guten Vorsätzen selbst gebastelt. Ohne den Polizisten, das spürte der Notar, würde alles sofort in Unordnung versinken. Aber mit welchem Recht erteilte ihm dieser Hanswurst Anweisungen? Was bildete sich so ein dahergelaufener Wicht von Ordnungshüter überhaupt ein? Schließlich war er nicht irgendein Rechtspfleger, sondern ein vereidigter und öffentlich bestellter Notar und somit keineswegs verpflichtet, dem heftigen Rühren und Winken eines Unbefugten Folge zu leisten! Es bereitete dem alten Kerl eine diebische Freude, den Anweisungen dieses falschen Polizisten zu trotzen und gegen den Strom zu schwimmen. Er ahnte die Gefahr nicht, in die er sich begab.

Zeitlebens hatte er Smartphones abgelehnt. Und selbst wenn er über eines verfügt hätte, wäre keine Suchmaschine der Welt in der Lage gewesen, ihn jetzt irgendwo auf dem weiten Erdenrund zu lokalisieren. Denn das Zwischenreich, durch das er gerade ahnungslos spazierte, war nirgendwo verzeichnet. Bleiche Gestalten schwankten und schwammen ihm entgegen – große und kleine, dicke und dünne. Alle sammelten Stempel auf ihren Bonuskarten und hofften auf ein großes Geschenk am Ende. Sie würden dieses Geschenk nie erhalten, der Notar wusste es. Und am liebsten hätte er sie gewarnt. Allerdings war er auf der Hut vor dem Schutzmann, der ihm mit seiner Suppenkelle sofort eins übergebraten hätte. Es missfiel dem selbst ernannten Ordnungshüter sehr, wie gründlich der Notar seine Anweisungen zu unterlaufen wagte.

* * *

Mit einem Mal war der Notar wieder ein kleiner Gymnasiast. Seine Klassenkameraden hatten der jungen, zierlichen Heimatkundelehrerin mit dem nassen Tafelschwamm einen Streich gespielt. Sie trug einen Dutt und halbhohe Schuhe, hatte dagestanden wie ein begossener Pudel und war trotzdem zum Anbeten schön gewesen. »Wer war das?«, hatte sie gefragt. Die Jungen hatten bloß gekichert. Sie hatte kurz gezögert und sich dann einen nach dem anderen vorgeknöpft, auch den armen kleinen Notar, obwohl er völlig unschuldig war. Ganz dicht hatte sie mit ihrem Bambusstock vor ihm gestanden. Niemals war er ihr so nahegekommen. Er roch ihren frischen Duft, streckte ihr seine Finger freundlich entgegen und wagte es nicht, sie anzusehen. Wie so oft senkte er schüchtern den Blick … sah nur ihre schönen Schuhe mit dem Blockabsatz … tapfer durchlitt er Angst und Schmerz … Trauer und Lust … Er zuckte nicht und fing dankbar ihren bedauernden Blick auf, der sich tief in seine junge Seele brannte und ihn für das ertragene Leid entschädigte.

* * *

Der Notar war noch nie aus der Reihe getanzt, aber diesem liderlichen Polizisten würde er ein Schnippchen schlagen. Zielstrebig lief er auf ein kleines Geschäft zu, dessen Auslagen aus Nickelbrillen und Operngläsern bestanden. Und einem Fernrohr, das ihn magisch anzuziehen schien. Damit könnte er alles aus der Nähe betrachten und vielleicht endlich etwas erkennen! Der Schutzmann protestierte mit wilden Gesten. Der Notar wandte sich auf der Schwelle nach ihm um und lächelte überlegen: »Tja, Pech gehabt«, schien er zu sagen. Gerade wollte er sich nach dem Preis des Fernrohrs erkundigen, da strich ein feiner Luftzug über den Boden. Lautlos war der gesichtslose Optiker ins Geschäft geglitten. »Wie lautet die Parole?«, knurrte er leise. Der alte Notar war irritiert. Von einer Parole hatte er gar nichts mitbekommen. Im Studium hatten sie ihn nach Paragrafen gefragt und selbstverständlich auch nach der geltenden Rechtsprechung, aber für Parolen war er überhaupt nicht ausgebildet. Er nahm den bohrenden Blick des Optikers wahr, der langsam die Geduld zu verlieren schien. Hinter dem Tresen, neben der Kasse befand sich ein großer Hebel, der einen langen Schatten ins Ladeninnere warf.

Die Augen des Optikers verengten sich, prüfend musterte er den Notar. Dann nahm er das Opernglas zur Hand. Mit diesem Gerät würde er ihn durchleuchten und seine miserable Unzulänglichkeit vermessen: Irgendwann hatte der Notar angefangen, die Verträge nur noch seelenlos runterzuschnarren, anstatt in gemessener Diktion zu deklamieren, wie es der Würde seines Amtes angemessen gewesen wäre ... die Notarhaftung hatte er durch spitzfindige Formulierungen ausgeschlossen ... die jähzornigen Ausfälle gegenüber seiner Frau und den Kindern ... die Entlassung seiner tüchtigsten Gehilfin ... Wie hieß sie doch gleich? ... Fräulein Doris!

Schreckliche Schmerzen, wie er sie noch nie zuvor erlebt hatte, quälten ihn. Er lag in einem

Pflegebett, neben ihm eine Infusion und eine junge Frau, die er zunächst für eine Krankenschwester hielt. Dann erst erkannte er seine Mutti. Sie redete besänftigend auf ihn ein: »Alles wird gut. Alles wird gut.« Er fiel in einen tiefen Schlaf.

Eine Falltür! Die Lage beim Optiker wurde brenzlig. Diesseits des Tresens verlief ein Schlitz quer durch den Kundenraum. Der Notar schwebte in Lebensgefahr. Mit der Flucht in den Fachhandel stand seine Identität auf dem Spiel. Die Hand des Optikers wanderte langsam zum großen Hebel, doch er war kein gnadenloser Richter. Als junger Assessor war der Notar fast täglich bei Gericht gewesen. Darum wusste er: Der Optiker würde in Ruhe alle Aspekte des Falls prüfen, bevor er ihn hinwegfegte. Der Notar hatte nicht alles falsch gemacht. In jungen Jahren hatte er die Verträge sorgfältigst aufgearbeitet und im Vorfeld durch umsichtiges Nachfragen späteren Verwerfungen vorgebeugt. Er war freundlich zu all seinen Angestellten gewesen und hatte noch keine Bekleidungsvorschriften erlassen… Mit tonloser Stimme flüsterte der Optiker: »Zum letzten Mal: Wie ist die Parole?« Er war im Begriff, sein Urteil zu fällen und sogleich zu vollstrecken, als ein schmallippiger Gesandter das Lokal betrat. Dieser führte eine lederne Aktenmappe mit geheimen Dokumenten unter dem Arm und lächelte verschlagen.

Der Optiker begrüßte den Emissär mit serviler Beflissenheit, wollte nichts mehr von der Parole »Geh ins Wasser!« wissen und betätigte umgehend einen verborgenen Mechanismus. Im Nu fuhr das Regal hinter dem Tresen zur Seite. Der Notar meinte eine schmale Wendeltreppe zu erkennen, die sich tief hinab in ein hell erleuchtetes, bleiernes Gewölbe schraubte. Es war der Zugang zum inneren Kreis der Macht! Das Fachgeschäft war in Wirklichkeit eine Illusion. Im Untergrund fand die große Verschwörung statt, die den Lauf der Dinge maßgeblich lenkte. Der Notar hatte es schon lange geahnt: Die Justiz, das Parlament, die Regierung – alles war bedeutungslos geworden. Längst verwalteten die buckligen Bürokraten der Macht andere, ungeheurere Archive. Es regierten Stolz, Willkür und Verschwendung, dennoch wurden alle Verfahren exakt protokolliert. Das amtliche Siegel hatten sie ihm zwar gelassen und auch den Talar, aber die Musik spielte längst an anderen Orten. Das Notariat war ein bloßes Schattenspiel gewesen, das ihre Schiebereien verdunkeln sollte.

Der Notar folgte dem Gesandten schleppenden Schrittes, nah am Optiker vorbei, der wie ein Gardesoldat salutierend auf der Schwelle stand. Mit Ende dreißig war der Notar noch von seinem geplagten Gewissen verfolgt worden. Damals hatte es angefangen: der systematische Missbrauch seines Amtes. Sie hatten es also all die Jahre gewusst, doch sie hatten ihn einfach gewähren lassen.

Die Wendeltreppe führte steil und immer tiefer hinab. Zwischen Treppe und Wand tat sich zunächst nur ein kleiner Spalt auf, doch der Schlund weitete und weitete sich. Die Stufen hingegen wurden immer kürzer. Wie ein Tornado spitzte sich die Treppe weiter zu und balancierte auf dem Untergrund wie ein Engel auf der Nadelspitze. Der Konvent hatte schon begonnen. Der Saal war nur von Kerzen und einer gleißend hellen Energiesparlampe erhellt. Die Delegierten sprachen alle durcheinander, über den Krieg in der Liebe und die Liebe im Krieg. Viele Veteranen waren versammelt, Versehrte mit gebrochenen Herzen.

Der Gesandte schritt zielstrebig zu einem lustigen Gaukler, der etwas abseits stand und bunte Luftballons verschenkte. Er schien den Schmallippigen bereits erwartet zu haben. Voller Ungeduld riss er ihm die Unterlagen aus den Händen und erteilte Anweisungen in einer fremden Sprache. In Wahrheit war der lustige Gaukler böse. Sehr böse. Es war der falsche Schutzmann! Der Notar erschrak, hoffentlich würde er ihn nicht erkennen.

Entfesselte Volljuristen aus aller Herren Länder deklamierten Gedichte. Bankiers führten in glitzernden Overalls gefährliche Kunststücke auf dem Trapez vor und ließen Banknoten und kleine Goldstücke über die Versammlung regnen. Nach dem offiziellen Teil würde der geheime Kapitän die goldenen Käfige öffnen, sodass die vernachlässigten Ehefrauen etwas Unordnung in ihre Verhältnisse bringen konnten. Aber das würde der Notar wohl nicht mehr erleben. Er kannte seine Schuld und verbarg deshalb schamhaft sein Gesicht.

Plötzlich stupste ihn ein ergrauter Admiral alter Schule an, und der Notar zuckte zusammen. Es stellte sich schnell heraus, dass der Notar zumindest den Admiral nicht zu fürchten brauchte. Er war Pensionär, besuchte die Versammlung nur aus alter Gewohnheit und hörte gar nicht auf zu reden: Martin Luther sei in Wahrheit ein Agent des Mossad, der mit dem Goldschatz jüdischer Bankiers die katholische Kirche spalten sollte. Die Bibel hätte auch nicht Luther übersetzt, sondern die Weisen von Zion. Dabei hätten sie sich einen kleinen Jux erlaubt und ganz bewusst einige satanische Botschaften eingebaut, die aber nur Eingeweihte erkannten, indem sie die primzahligen Seiten an den richtigen Stellen umknickten und rückwärts lasen. In Wahrheit war der amerikanische Präsident ein Agent des KGB, der russische hingegen ein Agent der CIA. Dahinter steckten mal wieder die Illuminaten, was man an jeder 1-Dollar-Note erkennen konnte. Neuerdings wurden die Illuminaten ihrerseits von der schwedischen Band ABBA unterwandert. Dahinter steckte wohl die Nazi-Kolonie, die seit 1945 die dunkle Seite des Mondes besiedelte. Aber sicher war das nicht. Beiläufig zeigte der Admiral unserem armen Notar die Kammer mit den Instrumenten.

Oboe, Bratsche und Cembalo waren gestimmt und spielbereit, doch von den Musikern fehlte jede Spur. Das Schöne hatte den Mächten der Finsternis das Zepter überlassen. Damit sie es schwingen konnten, musste noch ein Protokollant gefunden werden. Alle blickten verlegen auf den Boden. Es wurde still im Saal. Nur der Notar kümmerte sich nicht darum, sondern las gierig die Goldstücke vom Boden auf. Hier unten war Gold völlig wertlos, es lag überall herum. Sie hatten die Wahrheit verpfändet.

Die nackte Gier sollte den Notar verraten. Konspirativ lächelten sie einander zu, die Hintermänner und die noch gefährlicheren Hintermänner der Hintermänner, die bei Vollmond das Ave Maria rückwärts beteten. Der Notar ahnte sein Schicksal nicht. Er würde die geheime Versammlung nicht mehr lebend verlassen. In einem dunklen Wahn hatte er einen großen Sack Goldstücke aufgelesen und war völlig außer sich. Er zog sich nackt aus und tanzte wie der Bi-Ba-Butzemann in ihrem Kreis herum, sich wild rüttelnd und schüttelnd, und warf sein Säcklein hinter sich.

Kalter Schweiß stand auf der Stirn des Sterbenden, die Nasenspitze schien sich spitz dem Himmel entgegen zu strecken und bildete mit den eingefallenen Mundwinkeln das weiße Dreieck, welches den baldigen Tod ankündigte. Der Kranke war unruhig. Er wand sich, warf sich hin und her. Der herbeigerufene Schmerzmediziner sprach kurz mit den Angehörigen, erhöhte noch mal die Dosis an Morphium und verabschiedete sich.

Ohne dass der Notar es bemerkt hatte, hatten sie einen riesigen Gerichtssaal aufgebaut. Er stand klein und verloren in der Mitte. Schutzlos sah er sich dem Gericht ausgeliefert, keine Anklagebank war ihm vergönnt, noch nicht einmal ein Stuhl. Er trug nur seinen schwarzen Talar, allerdings falsch herum wie eine Zwangsjacke. Der Prozess wurde öffentlich geführt. Im Zuschauerraum versammelten sich alle Menschen, die er je gekannt hatte: Freunde, Kommilitonen und auch Klienten, deren Verträge er beurkundet hatte. Er spürte die Blicke auf seinem nackten Gesäß… seine Scham war kaum auszuhalten… sollten sie doch ruhig schauen… er hatte nichts mehr zu verbergen.

Der falsche Schutzmann hatte die Maske des Luftballonverkäufers abgelegt. Sein boshaftes Lächeln verhieß nichts Gutes. Geschickt balancierte er auf Stelzen und polierte mit einem weißen Tuch und einer besonderen Emulsion die Richterbank aus Mahagoni, die im Untergrund zu wurzeln schien und fünf Meter in die Höhe wuchs. Die Richterbank war durch eine geschwungene gläserne Showtreppe zu erreichen, deren Stufen einzeln in bunten Farben beleuchtet wurden, sobald man sie bestieg. Auf einer fast genauso hohen Empore hatte der finstere Optiker Platz genommen. Endlich enthüllte auch er seine wahre Identität. Er war der Chefankläger am Gericht der

Finsternis. Spöttisch sah er auf den Notar herab, der erbarmungswürdig von einem Fuß auf den anderen tänzelte, da es ihn barfuß auf dem kalten Untergrund fröstelte. Mit großem Hallo betraten die früheren Angestellten des Notariats als Nebenklägerinnen den Gerichtssaal und nahmen Platz an gläsernen Tischen. Als wollten sie ihren früheren Chef verhöhnen, trugen sie alle vorschriftsgemäß Röcke, Strumpfhosen – und halbhohe Schuhe mit Blockabsätzen.

Der Polizist hatte überall herumtelefoniert und schließlich doch noch eine Swing-Combo aufgetrieben, die den Prozess musikalisch untermalen würde. Das Publikum war bester Laune und der Angeklagte genoss den Anblick seiner Mitarbeiterinnen. Die Stimmung war gelöst. Die Combo spielte Benny Goodmans *Flying Home* und man wippte mit den Köpfen lässig im Takt. Die Richterin trat mit wiegenden Schritten aus dem Zuschauerraum und stieg effektvoll die gläserne Showtreppe empor. Das Aufleuchten der Stufen wurde von Oh- und Ah-Rufen des Publikums begleitet. Keine Frage: Sie war der Star des Abends. Nur der Notar verharrte leichenblass auf Zehenspitzen: Die vorsitzende Richterin war niemand anderes als seine frühere Gehilfin, Fräulein Doris! Sie trug einen Knopf im Ohr und schien dem Optiker zu gehorchen, der aus dem Hintergrund mit einem Walkie-Talkie seine Anweisungen gab. Mit flachen Schuhen und langen Hosen, angezogen wie eh und je, spielte sie die Rolle ihres Lebens. Das Gericht war gekauft! »Skandal!«, schrie der Notar immer und immer wieder. Er war außer sich. Die Musik verstummte und plötzlich spürte er einen stechenden Schmerz in seinem Gesäß. Sie hatten ihm ein Beruhigungsmittel gespritzt. Mit einem Mal wurde der Notar schläfrig. Das Frösteln ließ nach und er fühlte sich wohl und behaglich.

Der Chefankläger verlas die Anklage: »Im Jahre 1978 stellte der Angeklagte das Notariat vollständig um: Schreibtisch, Aktenablage und diverse Spiegel wurden gezielt so positioniert, dass er seine Sekretärinnen und Gehilfinnen unauffällig und ausgiebig von allen Seiten beobachten konnte, wenn sie ihm Unterlagen aushändigten. Er hatte es sich zur Gewohnheit gemacht, seine Mitarbeiterinnen unter Vorwänden zu sich zu rufen. Die Angestellten mussten mehrere Meter durch sein Büro laufen und waren seinen lüsternen Blicken ausgesetzt, während er sich als Voyeur betätigte und, den Sichtschutz des notariellen Schreibtisches missbrauchend, heimlich verlustierte. Dabei tat er seiner notariellen Sorgfaltspflicht Genüge, was strafmildernd zu berücksichtigen wäre.«

Der Notar war fest entschlossen, sich zu verteidigen. Natürlich war er schuldig, aber das würden sie ihm niemals beweisen können. Darauf hatte er immer penibel geachtet. Solange er sich nicht selbst verriet oder so dumm war, freiwillig ein Geständnis abzulegen, konnten sie ihm nichts anhaben. Dachte er. Doch der Prozess lief nicht gut für den Angeklagten. Der wichtigste Zeuge war gekauft: Der Schutzmann trat jetzt als falscher Krankenpfleger auf und belastete den Notar. Das Gericht hielt den Zeugen aufgrund seiner blütenweißen Kleidung für glaubwürdig. War er es nicht gewesen, der ihn mit einer Spritze sediert hatte? – Der Krankenpfleger tat besorgt. Dabei war auch er in Wahrheit ein fauler Hund, der sich von der Justiz aushalten ließ. Der Notar durchschaute dieses Theater. Allerdings konnte er dem Prozess kaum noch folgen. Und schlussendlich war es doch egal, ob das Gericht ihn für schuldig befand oder nicht. Die Richterin war befangen und dieser ganze Prozess eine Farce. Aber auch wenn sie es ihm nicht beweisen konnten: Er war schuldig! Das wusste er ganz genau. Und es tat ihm so unendlich leid. Als das Publikum unruhig wurde, setzte die Combo wieder ein … Doch dem Notar wurde es zu viel. Der Prozess wollte kein Ende nehmen. Immer mehr falsche Zeugen wurden gehört und jedes Mal musste auch der Ankläger noch seinen Senf dazugeben. Das Gericht würde ihn ohnehin schuldig sprechen. Und das war recht und billig.

Typisch, dass die vorsitzende Richterin die Entlassung von Fräulein Doris nicht thematisierte. Die eigentlich wichtigen Dinge kamen nie auf den Tisch. Der Fall Doris war offiziell abgeschlossen. In einem langwierigen Prozess war das Arbeitsgericht damals seiner fadenscheinigen Argumentation gefolgt. Jetzt würde sie es ihm heimzahlen, obwohl sie dazu überhaupt nicht befugt war. Dieses ganze Gericht war eine Versammlung Unbefugter. Er selbst hatte es zeitlebens nicht verdient, das staatliche Siegel zu verwenden, und hatte es trotzdem getan. Warum nur? Warum? Warum? Der Notar verachtete sich dafür.

In diesem Moment stolzierte seine alte Heimatkundelehrerin mit ihren halbhohen Blockabsätzen auf ihn zu. Sie hatte keinen Bambusstock dabei, nur die bauchige Flasche mit seinem Lebenselixier, das beinahe aufgebraucht war. Sie nahm ihn bei der Hand und führte ihn aus dem Saal, was keinen der Anwesenden zu stören schien. Richter, Chefankläger und Nebenklägerinnen führten den Prozess einfach ohne ihn fort. Ewig würde es so weitergehen mit diesen sinnlosen Prozessen und Verfahren. Der Notar ließ den Gerichtssaal hinter sich und befand sich mit einem Mal auf einer Wiese. Es roch nach Sommerblumen und frischen Kräutern und er hatte Durst. Seine Mutti reichte ihm frisches Quellwasser in einer Schnabeltasse. Vielleicht war es auch seine Tochter, und am Rande der Wiese war ein Tunnel weißen Lichts. Alle seine Angestellten hatten sich noch einmal versammelt und winkten ihm freundlich lächelnd zum Abschied, auch das Fräulein Doris, welches er nicht mehr von seiner Heimatkundelehrerin unterscheiden konnte. War der Prozess doch schon gelaufen?

Es kümmerte ihn nicht mehr. Viel zu lange hatten ihn diese Dinge geplagt. Als ob man mit Gerichten, Gesetzen und Verfahren der Schuld irgendwie beikommen könnte. Im Licht der Ewigkeit war nur die Reue von Bestand. Oh ja, er hatte alles bereut und darüber war sein schwarzer Talar ganz weiß geworden, so weiß wie das

Licht, dem er entgegenstrebte. Mit beiden Händen trug er seine bauchige Flasche, die auf wun-
dersame Weise wieder bis an den Rand gefüllt war.

Hasenjagd

Eberhards Hochzeitsanzug spannte. Ordentlich band er sich die Krawatte zu einem doppelten Windsor und zog seinen Scheitel nach. Dann trat er an den Waffenschrank und entriegelte die Schlösser. Wie viele Türen er wohl in seinem Leben auf- und wieder zugeschlossen hatte? Sein Schlüsselbund klirrte. Auf dem Anhänger war ein kleiner Cartoon eingraviert: *Liebe ist, sich immer zu verstehen.* Er hatte Eva immer verstanden, immer. Er verstand sogar, warum sie ihn verlassen hatte. Für Udo. Darum hatte Eberhard ihr alles verziehen. Auf der Rückseite stand: *Liebe ist, sich immer alles zu verzeihen.* Eberhard konnte gar nicht anders. Den Anhänger hatte sie ihm geschenkt, zum neunten Hochzeitstag. Wie passend. Wenigstens dieser Anhänger war ihm geblieben. Er ging nicht im Hass, sondern aus Liebe.

Eberhard kam die verwegene Idee, den Waffenschrank einfach offenzulassen. Aber das wäre verantwortungslos, schließlich lagerten da noch eine

Pistole und ein weiteres Gewehr. Also schloss er vorschriftsmäßig ab. Als Beamter des allgemeinen Vollzugsdienstes hatte er zeitlebens Türen nur geöffnet, um sie kurz danach wieder abzusperren. Eberhard war Meister des Türenschließens. Das Einzige, was er wirklich konnte, war Abschließen. Und das würde er gleich tun.

Es war kalt, sonnig und klar. Dies sollte also sein letzter Spaziergang werden. Wie oft er diesen Weg wohl schon gelaufen war? Eberhard pfiff vor sich hin. Seine Laune war so gut wie schon lange nicht mehr. Wenigstens würde er nicht so enden wie sein Kollege, der jeden Morgen bei der Schlüsselausgabe die Tage heruntergezählt hatte, als wäre er selbst ein Knacki. Und dann hatte sein heiß ersehnter Ruhestand keine hundert Tage gedauert. Eberhard hatte schon so viele Lebenslängliche kommen und gehen sehen. Echtes Lebenslänglich gab es aber nur in Uniform.

Er ging an den Bungalows seiner Kollegen vorbei. Überall in den Gärtchen blinkten Nester mit bunten Eiern aus dem Unterholz. Eberhard war an vergangenen Ostersonntagen auch mitten in der Nacht aufgestanden. Er war ein guter Osterhase gewesen und sein Sohn hatte fest an ihn geglaubt. Doch das war lange her. Mittlerweile besuchte Markus lieber Eva und Udo. Kein Wunder: Der Junge war Hauptfeldwebel, er selbst dagegen ein Versager auf der ganzen Linie. Seit Weihnachten hatte er nichts mehr von seinem Jungen gehört. Offensichtlich kam er jetzt ohne seinen alten Herrn aus.

Ein Abschiedsbrief hätte alles nur noch schlimmer gemacht. Schweigen war Gold, zumindest diesmal, davon war Eberhard überzeugt. Solange der Junge beim Stab war, blieb ihm ein Auslandseinsatz erspart. Das war das Wichtigste. Das zählte. Aber praktisch war es im Gefängnis sogar noch gefährlicher als beim Bund: Vor ein paar Jahren hatte ein Gefangener einen Kollegen aktiv mit einer Gabel angegriffen, hinterrücks. Der Knacki war danach noch nicht einmal in ein anderes Hafthaus verlegt worden, aber dafür musste sich der Kollege wegen nachlässigen Verhaltens im Dienst bei der neuen Bereichsleitung rechtfertigen und sich die Frage gefallen lassen, warum die Haftperson nicht längst vorschriftsgemäß unter Verschluss gebracht worden war.

Dabei war Udo gerade erst Bereichsleiter geworden und schien schon im selben Moment vergessen zu haben, woher er gekommen war. Wie hatte er sich früher mit ihm zusammen im Bulli darüber aufgeregt, dass nie die Anzugträger zur Verantwortung gezogen wurden, die die unmöglichen Vorschriften verbrochen hatten, sondern immer die Uniformierten, die sie nicht korrekt ausführten. Aber Eberhard wollte nicht auf Udo schimpfen, eigentlich war er nur neidisch oder sogar eifersüchtig auf ihn. Udo war durchtrainiert, hatte zwei Gehaltsstufen mehr, war immer guter Laune und bei den Kollegen beliebt. Es gab wirklich schlimmere Bereichsleiter als ihn. Und gar nicht so selten drückte er auch einmal ein Auge zu. Eva hatte an Udos Seite vermutlich das bessere Leben. Bestimmt hatte sie das.

Eberhard war am Hochsitz angekommen. Er schulterte das Gewehr und kletterte die bemooste Holzleiter hinauf. Irgendwie hatte er sich das anders vorgestellt: bedeutungsvoller und ein bisschen feierlich. Aber es war ein ganz normaler Tag, kalt und sonnig. Der Natur war es egal, was er vorhatte. Und überhaupt, wer würde sich schon dafür interessieren? Gut, im Knast war so was natürlich ein Thema. Dabei war es keine Seltenheit, dass mal wieder ein Kollege die Schnauze voll hatte. Ja, sein Sohn würde traurig sein, und im Schützenverein würden sie eine Gedenkminute für den ehemaligen Schützenkönig abhalten. Ob es Eva etwas ausmachen würde? Nein. Sonst hätte sie ihm das nicht angetan. Und wenn doch? Dann hätte sie sich das eben vorher überlegen müssen.

Eberhard hatte ein schönes Leben gehabt, war immer anständig, fleißig und pflichtbewusst gewesen. Alles hatte gestimmt: Das Häuschen abbezahlt, der Job sicher und aus dem Jungen war auch etwas geworden – was nicht selbstverständlich war, bei so einem Vater. Eberhard glaubte, seine Schäfchen im Trockenen zu haben. Und jetzt stand das Häuschen zum Verkauf und er vor dem Nichts. Es gab so viele Frauen, die alleine waren und verzweifelt einen Mann suchten. Warum hatte Udo es ausgerechnet auf Eva abgesehen? Wie lange da wohl schon etwas lief? Wahrscheinlich hatten es alle gewusst, sogar die Gefangenen. Ruhig lud er das Gewehr und öffnete den Mund. Eberhard war kein Angsthase.

Alles Mögliche ging ihm durch den Kopf. Wie er beim Völkerball in der Grundschule als Schlussmann gefeiert worden war. Wie er mit Ende zwanzig als Schützenkönig vor der Ehrenformation den Festumzug angeführt hatte. Wie sein Sohn feierlich vereidigt worden war. Das Gewehr im Mund tastete Eberhard nach dem Abzug. Vielleicht hätte er doch lieber die Pistole nehmen sollen? Aber das

Gewehr war schon immer seine Lieblingswaffe gewesen. Außerdem erinnerte ihn die Pistole an den Dienst. Noch ein letztes Mal zählte er bis drei. »Eins, zwei, …« War das nicht Udo? Doch, der Jogger, der gerade um die Ecke gebogen kam und auf dem Feldweg vorbeilief, das war Udo. In bester Schussentfernung.

Eberhard nahm das Gewehr aus dem Mund. Ohne zu zögern, legte er an und nahm Udo aufs Korn. Das war gut. Eberhard lächelte. Jetzt hatte er es in der Hand. Die Entfernung war idiotensicher. Er brauchte nur seinen Zeigefinger zu krümmen. Eberhard atmete ganz ruhig und gleichmäßig. Wahrscheinlich brauchte er insgesamt zwei Schüsse, um ganz sicher zu gehen, drei, maximal vier. Dann war Udo Geschichte. Udo hatte es nicht besser verdient. Warum hatte er nicht einfach seine schmutzigen Finger von Eva gelassen?

Und dann? Die Tatwaffe war übersät mit seinen Fingerabdrücken. Aber das war kein Problem, schließlich war es sein Gewehr. Die Waffe war auf seinen Namen angemeldet. Er könnte einen Einbruch vortäuschen. Ein Ex-Knacki könnte das Gewehr gestohlen und Udo aufgelauert haben. Eberhard müsste nach der Tat nur sofort nach Hause, die Schlösser am Waffenschrank aufhebeln und die Haustür offenstehen lassen. Aber er hatte kein Alibi. Er würde zu den Hauptverdächtigen gehören. Niemand würde ihn decken, Eva sowieso nicht. Vielleicht konnte er einfach verreisen. Aber am Montag musste er wieder zum Dienst. Spätestens dann würde man ihn fragen, wo er am Ostersonntag zwischen acht und elf gewesen war. Er könnte natürlich einfach wegbleiben... Aber dann könnte er auch gleich ein Geständnis unterschreiben. Flucht kam also gar nicht infrage. Sie würden eine Großfahndung hochziehen, denn Eifersucht war ein niederes Motiv. Bestimmt würden sie irgendwo auf dem Hochsitz seine DNA-Spuren finden. Außerdem hatte er die Waffe im Mund gehabt. Dann würden sie alles rekonstruieren. Wie aus dem Selbstmord ein Mord geworden war. Also musste er die Tatwaffe irgendwie verschwinden lassen. Und wenn ihn jemand dabei beobachtete? Er würde nicht davonkommen. Das war klar. Dafür würde er lebenslänglich bekommen. Sie würden ihn nicht hier einsperren. Das ging nicht wegen der Kollegen. Er würde anderswo sitzen müssen. Und wenn die Knackis dort mitbekommen würden, dass er ein ehemaliger Schließer war? Dann gnade ihm Gott! Für Knackis waren Schließer Abschaum, fast noch schlimmer als der allerletzte pädophile Sittich. Von seinen Kollegen brauchte er auch kein Mitleid zu erwarten, wenn er einen von ihnen auf dem Gewissen hatte. Er musste sich jetzt entscheiden: Wenn einer dran glauben musste, war es Udo. Aber dann wäre Eberhard geliefert. Und wenn er zuerst Udo erschoss und dann sich selbst? Nein. Wenn er sein eigenes Licht ausknipste, wozu sollte er dann noch Udo umlegen? Was hatte er davon? Er war doch kein Terrorist! Aber einfach abwarten, Udo vorbeilaufen lassen und sich dann wieder das Gewehr in den Mund stecken, als ob nichts gewesen wäre, das ging auch nicht. Eberhard setzte erst mal wieder ab.

Udo war flott unterwegs. Früher hatte Eberhard regelmäßig Fußball gespielt. Die Bewegung hatte ihm immer gutgetan. Irgendwann konnte er wegen der vielen Spätdienste nicht mehr zum Training… Wenn da jetzt statt Udo ein Hase vorbeihoppeln würde, würde er den abknallen? Den Hasen sicher, Ostern hin oder her. Aber Udo nicht. Und sich selbst schon gar nicht.

Eberhard liebte Hasenbraten. Vielleicht würde er einen erwischen, zur Feier des Tages. Dreieinhalb Stunden lauerte er auf dem Hochsitz. Doch da war kein Hase. Ob er einen Hasen überhaupt erwischt hätte? Die Haken, die Meister Lampe schlug, waren auch bei versierten Schützen berüchtigt. Er machte sich auf den Weg zurück nach Hause. Er würde wieder zum Training gehen.

Backseat Baby

Geistlose Vollidioten, diese Business-Kasper überall. Schlichen in ihren Anzügen durch die Gänge,
hechelten nach Geld und Frauen. Geistlose Vollidioten, einer wie der andere. Mit Vollgas in den
Burn-out. Kein Wunder, dass denen keiner was
abkaufte. Er hatte vorhin schon was abgewickelt,
ganz nebenbei. So machte man das, Jungs. En pas-
sant, aus der Hüfte, das war wie Frauen anma-
chen. Es musste fließen, organisch, feel the flow …
Wenn man anfing nachzudenken, war es vorbei.
Instinkt. Im richtigen Moment zupacken.

Jetzt würde Pedro es zunächst ruhig angehen
lassen, die Pause machte den Meister, früh ins
Hotel, ein bisschen lesen, vielleicht nach dem Mit-
tagessen mal wieder ein kleines Gedicht schreiben.
Und er würde auch nicht nein sagen, wenn sich
noch etwas ergeben würde, geschäftlich. Vielleicht
auch sonst. Aber nötig hatte er es nicht. Einfach
alles auf sich zukommen lassen.

Als Laura an der Uni die Telefonnummer vom

Schwarzen Brett abriss, pochte ihr Herz. Messe-hostess gesucht. Gepflegtes Erscheinungsbild, gute Umgangsformen. Das durfte sie niemandem erzählen in der Katholischen Hochschulgemeinde. Hostess, wie das schon klang! Und ausgerechnet auf einer Automesse, da konnte sie ja gleich anschaffen gehen. – Aber nein, das war ein ganz normaler Ferienjob. Das war eine solide Firma, das stand da auch schwarz auf weiß, ganz explizit: seriös. Nicht mehr und nicht weniger. Papa fuhr doch auch einen Daimler. Da könnte sie bestimmt gut ihren Hosenanzug tragen. Vielleicht musste sie sich mal ein bisschen kräftiger schminken, auch die Lippen und so. Aber das gehörte dann halt dazu. Wenn man in die Oper ging, machte man sich doch auch schick. Und wenn die anderen Hostessen alle im Minirock rumliefen? Zur Sicherheit konnte sie sich ja auch einen kaufen. In einem Schaufenster hatte sie einen Eleganten in Tweed gesehen, die waren jetzt modern, und von der Figur her könnte sie so was gut tragen. Er ließ sich auch toll mit dem Sakko kombinieren. Aber mit dem Hosenanzug machte sie bestimmt nichts falsch. War ja auch ein seriöses Unternehmen. Dann wäre sie in den Semesterferien ein paar Wochen in Nürnberg und Tante Agathe würde sich bestimmt freuen. Sie wollten doch immer schon mal zusammen in die Oper gehen. Und in der Katholischen Hochschulgemeinde würde sie das mit der Automesse einfach nicht an die große Glocke hängen, warum auch?

Die Lummerspitzen waren passabel, Pedro hatte sie vom Käsebett genascht. Aber das ganze fettige Zeug ließ er zurück in die Küche gehen. Von Trennkost hatten sie hier in diesem Gourmettempel wohl noch nichts gehört. Einen Obstsalat mit frischen Früchten der Saison, das ließ er sich noch gefallen. Der rundete die Mahlzeit ab. Zum Schluss dann ein grüner Sencha-Tee und er würde voller Elan und vitalisiert vom Mittagstisch aufspringen wie ein junges Reh. Er nahm seinen tiefschwarzen Kolbenfüller mit der goldenen Feder zur Hand sowie sein legendäres Notizbüchlein. Und dichtete:

Business as usual
Busy Business-Kasper überall,
holen sich Lummer vom Käsebett.
Plötzlich kommt der große Knall
der Müdigkeit, es war zu fett.

Beim Verdau'n hilft kein Kaffee.
Feine Schweine halten träge
sich im Geheimen für Gourmets.
Wenn es nur am Käsbett läge,

Dass ihre Lebenskraft verglüht!
Business-Kasper stopfen sich
voll und bleiben leer, verblüht.
Business-Kasper, so wie ich.

Der Schluss gefiel ihm besonders gut. Verlieh dem Gedicht eine schillernde Note. Diese Selbstironie. Einfach zu köstlich. In Wahrheit war Pedro ein anderer, er war keine Made im Speck. Schlug sich nicht auf Spesenrechnung die Wampe voll. Strotzte nicht vor Oberflächlichkeit. Tief im Herzen war er ein Schöngeist. Ein zartfühlender und etwas zur Schwermut neigender Romantiker, ein Dichter eben. Er konnte sich das leisten, so ein bisschen Understatement. Er kannte die psychischen Abgründe, in die ein Top-Performer immer abzustürzen drohte. Er wusste, wovon er schrieb. Er hatte Dutzende Bücher über Burn-out gelesen. So kläglich würde er niemals versagen, er kehrte immer wieder zu sich selbst zurück, las und dichtete.

Wie sollte sie diese Automesse nur überstehen? Ihr Minirock war nicht länger als die Miniröcke der anderen am Stand. Aber wie sich die Geschäftsleute auf ihre Kolleginnen stürzten! So gut sahen die doch auch nicht aus, keine Ahnung, wie die das machten. Unanständig waren sie nicht, ging ja auch gar nicht, schließlich repräsentierten sie ein seriöses und international tätiges Unternehmen. Die anderen stöckelten mit ungezwungener Selbstverständlichkeit durch die Halle und Laura wurde immer unsicherer. Obwohl sie nichts zu tun hatte und die Geschäftsleute freundlich anlächelte, stellten die sich lieber bei den anderen an, anstatt sich auch mal an sie zu wenden. Vor allem die jüngeren Männer schienen sie aus Prinzip zu ignorieren. Vielleicht sah man ihr an, dass sie Aushilfe war und keine Ahnung hatte. Dass sie sich verkleidet fühlte. Dass sie die automobile Faszination nicht teilen konnte, von der der Marketing-Chef geschwärmt hatte, sondern lieber Fahrrad fuhr. Aber sie sollte sich einfach nicht so viele Gedanken machen, es war schließlich nur ein Job. Sie wurde pro Stunde bezahlt und brauchte ja nicht noch einmal die Hostess zu spielen. Diese ganzen Geschäftsleute, das war einfach nicht ihre Kragenweite, mit solchen Männern würde sie nie was anfangen. Wahrscheinlich merkten die auch instinktiv, dass sie nicht hierher gehörte. Dass sie eigentlich mehr im Kopf hatte als Autos. Und wenn sie nach Feierabend im Hotel noch etwas für die Prüfung gelesen bekam, war alles gut. Sie las gerade »Emma«. Sie hätte es nie übers Herz gebracht, für das Examen nur die Zusammenfassungen zu lesen, wie ihre Kommilitoninnen das machten. Jane Austen war mehr als nur eine Prüfungsvorbereitung. Sobald sie nach einem langen Messetag die Buchdeckel aufschlug, verlor sie sich im alten England und war zu Hause.

Was war denn das für ein kluges Mädchen? Wahrscheinlich eine Studentin. Die gehörte nicht hierher. Genau so wenig wie Pedro selbst. Sie lächelte.

»Was machen Sie denn hier?«, fragte er.

Laura blickte ihn erstaunt an: »Wie meinen Sie das?«

»Mit Autos haben Sie doch nichts am Hut. Blinde Passagiere erkennen einander.«

Sie lächelte kurz.

»Das mit den blinden Passagieren ist übrigens von mir.« Nach einer effektvollen Pause fügte er hinzu: »Ich schreibe nämlich.«

»Und warum erzählen Sie mir das?«

»Eine Eingebung. Nichts weiter. Ich fühle mich auf diesen Messen immer deplatziert.«

Sie dachte: »Ich mich auch«, und schwieg.

Er setzte nach: »Was lesen Sie gerade?«

»Emma.«

»Und gefällt Ihnen George?«

»Ich stehe eigentlich nicht auf ältere Männer«, antwortete sie knapp.

»Warum denn so garstig? Was habe ich Ihnen getan?«

»Nichts. Nichts.«

Sie ertrug das Schweigen nicht: »Und was lesen Sie?«

»Den Tod in Venedig.«

Sie sagte: »Das musste ich in der Schule lesen.«

»Was kann denn Thomas Mann dafür, dass man ihn dort misshandelt?«

»Ich habe doch gar nichts gesagt«, entgegnete sie.

»Aber gedacht.«

»Woher wollen Sie wissen, was ich denke?«

Er lächelte sie an: »Wissen Sie etwa nicht, was ich denke?«

Er schob ihr seine Karte zu: »Wenn Sie möchten, könnte ich Ihnen ein paar schöne Passagen aus dem Tod in Venedig vorlesen. Ich bin aber nur noch kurz in Nürnberg. Wir haben leider nicht so viel Zeit wie Emma und George. Adieu.«

Ohne ihren Gruß abzuwarten, eilte er davon.

Die Kolleginnen umringten sie neugierig: »Salesmanager Germany. Wow! Was wollte der denn?« »Ach. Der hat bloß versucht, ein bisschen zu baggern. Komischer Typ.« Den Namen des komischen Typen hatte sie sich aber schon gemerkt: Pedro Schneider.

Das Salat-Restaurant hatte er gut ausgewählt, aber sein Gedicht gefiel ihr nicht: »Wenn das lyrische Ich Business-Kasper so abstoßend findet, warum ändert es dann nicht sein Leben?«

»Es ist egal, was wir tun. Auf das Wie kommt es an.«

»Nein, gut bleibt gut. Und böse bleibt böse.«

»Glaubst du denn noch an Gut und Böse? ›Gott ist tot.‹ Nietzsche.«

»›Nietzsche ist tot. Gott.‹«

Er schmunzelte. Sie fuhr fort: »Diesen Spruch hab' ich auf einer Uni-Toilette gelesen. Ich fand ihn zwar blöd, hab ihn mir aber trotzdem gemerkt. Vielleicht geht es mir mit Ihrem Gedicht genauso.«

»Mit deinem Gedicht.«

»Hmm«, antwortete sie zurückhaltend.

Er schaute sie an und schwieg.

Um die Pause zu überbrücken, nahm sie einen Schluck Wein. Auch er griff zum Glas. Zu diesem Geschäftsessen hatte sie ihren Hosenanzug gewählt. Er sollte nicht glauben, dass sie leicht zu haben war. Normalerweise hätte sie niemals einem Typen hinterhertelefoniert, aber auf der Messe war das was anderes, da machten das alle so. Es war ja auch nichts dabei, mal zusammen essen zu gehen. Und für die Oper mit Tante Agathe hatte sie auch noch zwei Wochen Zeit. Er war ja kein Dahergelaufener, sondern ein seriöser Geschäftsmann. Ein Salesmanager, der Gedichte schrieb. Sie hätte nicht gedacht, dass es so was überhaupt gibt. Von jedem x-beliebigen Typen hätte sie sich bestimmt nicht zum Abendessen einladen lassen.

Er trank sein Glas aus. »Lass uns doch noch was trinken gehen, dann lese ich dir was aus dem Tod in Venedig vor.«

»Wo denn?«

»Ich kenne hier in Nürnberg nicht so viel. Aber in meinem Hotel unten ist eine ganz passable Bar.«

Was bildete der sich denn ein, dachte sie und sagte: »Ach, ich muss heute Abend noch was für meine Prüfung tun.«

»Dann lese ich dir eben hier etwas vor.«

»Gut, eine halbe Stunde hätte ich noch.«

»Also, am besten gefällt mir der Traum des Schriftstellers: Denn die Schönheit, nur die Schönheit ist göttlich und sichtbar zugleich.«

Sie unterbrach ihn: »Also ich glaube, dass es noch mehr gibt als Schönheit, was göttlich und sichtbar ist. Also stimmt die Prämisse schon mal nicht.«

»Und was gibt es denn zum Beispiel, wenn ich fragen darf?«

»Gott offenbart sich auf unendlich viele Weisen«, zitierte sie die Predigt des Pfarrers, »die Frage ist nur, ob man seine Sprache versteht. Ob man ihn verstehen will.«

Nach einem kurzen Schweigen sagte er: »Ich lese mal weiter: … du musst wissen, dass wir Dichter den Weg der Schönheit nicht gehen können, ohne dass Eros sich zugesellt und sich zum Führer aufwirft …«

Sie fuhr dazwischen: »Unsinn. Das hat man doch selbst in der Hand.«

Er konterte lächelnd: »Aber wahre Schönheit ist unwiderstehlich. Da genügt es, dich anzusehen. Living proof.«

Dieses Kompliment sagte ihr zu. Auch wenn seine Gedichte nur mittelmäßig waren, dieser Geschäftsmann hatte Stil. Vielleicht hatte sie den Typen doch unterschätzt. Sie diskutierten weiter über Eros und Schönheit im Allgemeinen. Im Besonderen kreisten sie um die delikate Frage, wie Pedro am besten mit Lauras Schönheit, mit dieser süßen Last zurande kommen könnte, ohne ihr ganz und gar zu verfallen. Sie zündete ein Feuerwerk an Blicken und verabschiedete sich unvermittelt. Schon aus Prinzip. Sie hatte angerufen, und es war das erste Treffen. Von ihm musste schon mehr kommen. Messe hin oder her.

Was für eine Frau! Was für ein wunderbares Geschöpf! Pedros Herz, es quoll über vor Glück. Er musste dichten. Er nahm den tiefschwarzen Kolbenfüller mit der goldenen Feder zur Hand sowie sein legendäres Notizbüchlein. Aber sein Genie ließ ihn im Stich. Sein Blick fiel auf die erste Strophe eines früheren Werkes:

Backseat Baby

Holdes Mädel, sei mein Backseat-Baby,
meine Feierabend-Brigitte-Bardot.
Hab ich deine Nummer erst im Handy,
kommt die andre Nummer ebenso.

Wie platt und fast vulgär dieses Machwerk sich mit einem Male ausnahm, obwohl er es noch kürzlich für sein Glanzstück gehalten hatte. Es reichte nicht einmal entfernt an die Stimmung heran, in der er jetzt schwebte. Ihm lag rein gar nichts daran, sie zu besitzen. Sie war einzigartig, zu kostbar, zu geistvoll für alles Vulgäre. Er wollte ihr vorlesen. Mit ihr diskutieren. Mit ihr ins Theater gehen. Gemeinsam in Literatur baden. Für sie Bio-Gemüse einkaufen und Tofu-Leckereien zaubern. Pedro schlug nichts mehr in der Kalorien- und Nährwerttabelle nach, sondern hörte Verdi, sang unter der Dusche und vertiefte sich vor dem Einschlafen in Liebeslyrik. Er hatte auch eine Laura, wie der große Petrarca, und bombardierte sie mit kleinen Liebesbotschaften. Er war wieder sechzehn.

Laura machte es nichts mehr aus, ihre Zeit am Messestand untätig zu vertun. Sie war kein blinder Passagier mehr, Pedros Nachrichten waren ihr Fahrausweis. Damit hielt sie die anderen Hostessen auf Trab. Sie hatte zwar fallenlassen, dass der Salesmanager sie zum Abendessen eingeladen hatte, ansonsten hütete sie aber ihr Geheimnis. Sie verlegte sich aufs Andeuten und beantwortete neugierige Nachfragen nur mit einem Lächeln.

Er zitierte Cervantes: »Wenn Sie es ihm gestatte, wäre er fortan ihr Löwenritter.« Sie duldete huldvoll seine Verehrung. Zunächst überging sie noch seinen wiederholten Vorschlag, sie mit der Limousine abzuholen und mit ihr eine gemeinsame Nacht im Hotel zu verbringen. Denn ihre Abende verbrachte sie doch lieber mit Jane Austen. Noch. Sie fing an zu prüfen, ob der Salesmanager nicht zu ihrer Version des George avancieren sollte.

Wahrscheinlich wäre es niemals zu einem Rendezvous gekommen, wenn sie nicht gegen Ende ihres Aufenthaltes doch noch mit Tante Agathe in die Oper gegangen wäre, ausgerechnet in »La Traviata«. Einen Abend lang glich sie ihr Leben mit einer anderen literarischen Vorlage ab. Für einen Abend war sie nicht länger die vernünftige Emma, sondern das Freudenmädchen Violetta: Alle gesellschaftlichen Konventionen fallenlassen. Sich der Leidenschaft hingeben. Sich selbstlos opfern. Wie herzzerreißend! Ihr Löwenritter Pedro flehte einmal mehr, die letzte Nacht in Nürnberg doch mit ihr verbringen zu dürfen. Und sie erdachte sich folgende Schicksalsprobe: Sie würde dann mit ihm ins Hotel gehen, wenn er sie tatsächlich mit einem Strauß selbst gepflückter Kamelien abholen käme… Und tatsächlich begann der Abend so, wie sie es sich ausgemalt hatte. Mit einem üppigen Strauß Kamelien stand er vor ihrer Tür!

Die Begrüßung fiel dennoch recht spröde aus, allein schon deswegen, weil sie sich bislang noch nie aus dem Stegreif einer wilden Leidenschaft überlassen hatte. Das hätte sie sich einfacher vorgestellt. Na ja. Den Abend verbrachten sie in seiner Hotelbar. Es war widerlich. In jeder Nische soff ein Reisender. Der Barpianist klimperte zäh gegen die Uhr. Seine Haare waren das einzige, was an diesem verlorenen Ort glänzte. Pedro bemühte sich sehr, aber auf dem Smartphone waren seine Liebesschwüre einfach stimmungsvoller rübergekommen.

Auch auf dem Zimmer wurde es nicht besser. Er hatte einen ganzen Koffer voll mit Liebeslyrik angeschleppt und hörte gar nicht mehr auf, aus jedem der Schinken ein paar Gedichte zu rezitieren. Sollte das jetzt die ganze Nacht so weitergehen? Bestimmt würde er gleich zur Tat schreiten?! Immerhin hatte sie sich neue Dessous gekauft, die verheißungsvoll, aber nicht billig aus dem dezenten Dekolletee zu ihm herüber blinzelten. Aber nein… Schon wieder nicht… Noch nicht einmal ein begehrlicher Blick... Statt in wilder Leidenschaft für sie zu entflammen – wenigstens ein bisschen – stöberte er schon wieder in seinem Bücherkoffer. Sie war wohl im falschen Film. Das war doch kein Lyrik-Seminar an der Uni, sondern ein heißes Date im Hotel.

Auf einmal wusste sie die Lösung. Pedro Schneider, dieser Sales-Manager Germany, vielleicht war der ja schwul? Das war es. Irgendwie hatte sie von Anfang an geahnt, dass mit dem Typen etwas nicht stimmte. Es kam gar nicht so selten vor, dass erfolgreiche Männer ihre wahren Neigungen versteckten. Deshalb schwärmte er also für Thomas Mann! Da hätte sie auch früher drauf kommen können. So etwas konnte auch nur ihr passieren. Da wollte sie einmal etwas Verrücktes tun, sich ganz spontan der Leidenschaft hingeben und so. Und dann so was. Zum Glück gab es die Minibar. Und irgendwann war sie endlich eingeschlafen.

Er überlegte kurz, ob er ihr die Jeans ausziehen sollte, damit sie es etwas bequemer hatte. Dann hätte er bemerken können, dass sie sich den Abend etwas anders vorgestellt hatte. Stattdessen deckte er sie nur vorsichtig zu, um ihren Schlaf nicht zu stören. Was für ein Engel sie doch war. Mit einem so unschuldigen und reinen Wesen hatte er noch nie eine Nacht im Hotel verbracht. Still beglückt bewachte er ihren Schlaf und atmete langsam mit ihr ein und aus, ein und aus.

Als sie am nächsten Morgen im Zug nach Hause saß, erforschte sie ihr Gewissen: Sie hatte eigentlich nichts Schlimmes getan. Sich ab und zu betrinken durfte man. Selbst Jesus hatte bei der Hochzeit zu Kana Wasser in Wein verwandelt. Und die Mönche in den Klöstern, die pichelten auch gehörig was weg, das brauchte sie dem Pfarrer nicht zu beichten. Wie der wohl gucken würde, wenn sie ihm erzählte, wie sie sich gestern zurechtgemacht hatte. Das war zwar ein Pfarrer, aber wenigstens ein Mann. Nicht so einer wie dieser Salesmanager. Große Klappe, nix dahinter … Sie hing solchen und noch gehässigeren Gedanken nach, als ihr Handy klingelte. Sie erkannte seine Nummer auf dem Bildschirm und stellte das Handy stumm. Der schon wieder! Ihr reichte es, er hatte seine Chance bekommen. Man konnte ihr nicht vorwerfen, dass sie hartherzig oder arrogant gewesen wäre. Vielleicht sollte sie alles doch lieber mit dem Pfarrer besprechen? Aber wie sollte sie davon erzählen, ohne zuzugeben, was nachts passiert war. Oder was eben nicht passiert war. Aber eigentlich war ja gar nichts gewesen … Jedenfalls würde sie diesen Pedro nie mehr wiedersehen. Konnte man Telefonnummern blockieren? Das wäre das Einfachste. Sobald sie wieder zu Hause war, würde sie unter diese ganze Messegeschichte einen Schlussstrich ziehen. Punkt. Der Grundfehler war gewesen, dass sie sich als Messehostess beworben hatte. Das war keine ordentliche Arbeit. Und eigentlich hatte der liebe Gott sie ja auch vor noch Schlimmerem bewahrt. Es war alles gerade noch mal gut gegangen. Er hatte ihr nur Gedichte vorgelesen. Gut, dass sie vorhin nicht ans Telefon gegangen war.

Das Handy – schon wieder! Nach dem zwölften Klingeln ging sie dran. Sie würde mit ihm reden. Ein letztes Mal.

»Was gibt's? Ich sitze im Zug.«

»Meine Liebe ist tausendmal schneller als dein Zug.«

»Lass mal.«

»Warum? Was ist denn los?«

»Du bist über zwanzig Jahre älter als ich.«

»Es ist Unsinn, sprach die Vernunft …«

»Jetzt hör' endlich auf mit dem ganzen Mist. Am besten wir lassen es so, wie es war, und behalten alles in guter Erinnerung.«

»Nein, nein! Das geht nicht. Ich kann nicht ohne dich leben!«

»Lieber ein Ende mit Schrecken als ein Schrecken ohne Ende.«

Sie drückte auf die rote Taste. Was hatte sie da bloß angestellt? Sie musste das unbedingt mit ihrem Pfarrer besprechen. Gleich heute Abend nach dem Bibelkreis. Als sie zu Hause angekommen war, duschte sie sich ausführlich. Dann stopfte sie die ganze Wäsche, die sie in Nürnberg dabei gehabt hatte, in die Waschmaschine.

Es dauerte etliche Jahre, bis Pedro darüber hinwegkam, was passiert war. Er verstand die Welt nicht mehr, noch nie hatte er einen Menschen so rein und selbstlos geliebt wie seine Laura. Um seinen Liebeskummer zu überwinden, nahm Pedro immer wieder seinen tiefschwarzen Kolbenfüller mit der goldenen Feder zur Hand sowie sein legendäres Notizbüchlein. Und dichtete:

Der Ritter der traurigen Gestalt

Mein Herz, das ist gebrochen.
Drum leide ich so sehr.
Ich hätt' mich ihr versprochen.
Und leide gleich noch mehr.

Ich hätt' mich ihr verschenkt.
Mit Seele, Haut und Haarn.
Doch sie hat mich gekränkt.
Mich armen, dummen Mann.

Alles hätt ich ihr gegeben,
die Liebe einzig gab mir Halt.
Einsam steh' ich jetzt im Regen.
Einsam zieh' ich durch den Wald.

Im kleinen Café

Antje war klein und rund. Und rund lief es auch in ihrem charmanten Café, auch wenn es dort sehr eng war. Morgens und zur Mittagszeit war es gar nicht so einfach, sich an den Wartenden vorbei zu den zwei Mosaik-Tischchen durchzuschlängeln. Aber es setzte sich ohnehin niemand hin – außer ihren zwei Dauergästen. Herr Baumgärtner kam erst nach dem Mittagssturm, aber Marco hielt sich schon ab halb zwölf an einem einzigen Milchkaffee fest. Ein paar mehr solcher Gäste – und sie konnte dichtmachen.

Um vier Uhr morgens klingelte Antjes Wecker. Für ein eigenes Frühstück blieb ihr keine Zeit, ein starker Kaffee musste reichen. Und dann schmierte und schnipselte sie; sie backte und belegte, damit pünktlich um acht die Vitrine bis oben hin gefüllt war. Mit selbst gemachten Quiches, bunten Salaten, üppigen Kuchen und ihren legendären Almond-Cookies. Antje gönnte sich keine Pause. Schließlich mussten Miete und Nebenkosten erst mal bezahlt sein. Und das war ihr bisher fast jeden Monat gelungen!

Marco trug wie immer seine Postuniform, saß, über den Pappbecher gebeugt, unbewegt an einem der Tischchen und starrte vor sich hin. Marco war zur selben Zeit wie Antje aufgestanden, aber sein Job war getan, seine Tour erledigt: Feierabend. Antje war beschäftigt oder tat zumindest so. Gleich würde er wieder eines seiner üblichen Gespräche beginnen. Diesmal ließ er sich aber besonders viel Zeit. Wusste mal wieder nicht, wie er anfangen sollte… Sie wischte die Flächen hinter dem Tresen feucht mit einem Schwamm. Jede andere Uniform wäre ja okay gewesen. Aber dieses Zitronengelb, das ging ja gar nicht… Sie checkte Becher, Deckelchen und Servietten und rückte noch einmal den Korb mit den Orangen zurecht.

Da eröffnete Marco: »Das Licht an deinem Fahrrad ist immer noch kaputt. Hab ich zufällig gesehen.«

Mit einem trockenen Lappen fuhr sie noch einmal über die Flächen: »Freitag hab' ich es reparieren lassen. Und jetzt geht es schon wieder nicht.«

»Wie viel hast du denn bezahlt?«

»Hab ich vergessen. War nicht teuer.«

»Wie gesagt, ich würde es dir umsonst machen.«

Statt zu antworten, polierte sie den Tischgrill. Er starrte auf seinen Pappbecher und sah kurz zu ihr auf. Nach einer Weile ergänzte er: »Eine Klingel hast du auch noch nicht, ich habe zufällig noch eine alte zu Hause. Die kann ich dir dranmachen, wenn du magst.«

»Nee, das brauchst du nicht.«

Dann starrte er wieder vor sich hin. Sie wischte trocken die Flächen.

Auf einmal ging es los: Von allen Seiten eilten Anzugherren in Richtung des kleinen Cafés. Brav stellten sie sich in die Schlange, die vor der Vitrine begann und wenig später bis hinaus auf die Straße reichte. ER allerdings war heute früh dran. Die meisten nahmen ihren Kaffee im Pappbecher *to go*. »Das Panini einpacken?«

Ökos reichten Antje mit wohlwollendem Nicken ihre Mehrweg-Thermobecher über den Tresen. »Deinen Latte wie immer mit einem Extra-Shot?« Antje war mit jedem per Du, mit all den mittleren Führungskräften kurz vor der Midlife Crisis, die sie Tag für Tag mit ihren Sandwiches und Kuchenstücken durchfütterte. Sie wusste ganz genau, wer Vollmilch, wer Sojamilch und wer fettarme Milch haben wollte. Sie selbst schüttete Sahne in ihren Kaffee. So etwas hatten die hippen fitten Leistungsträger nicht auf dem Schirm, nur Milchschaum, ihren schwindsüchtigen Bruder. Die Herren mochten es aufgeschäumt und aufgepusht, und Antje schäumte und pushte up, wie es sich für eine dynamische Jungunternehmerin gehörte. Antjes Kundschaft bestand ganz überwiegend aus diesen jungen Herren. Die Kerle schlugen richtig zu; noch kauend, mit vollen Backen machten sie sich auf den Weg zurück. Im Büro angekommen, hatten sie Antjes Leckereien längst verschlungen. Niemand von ihnen musste aufs Geld achten.

ER war an der Reihe: »Ich nehme ein Panino, eine Tagesquiche, einen Almond-Cookie und einen großen Kaffee.«

Seine Stimme war warm und freundlich. Ab und zu sah ER ihr direkt in die Augen und starrte nicht nur auf sein Handy, aufs Essen oder sonst wohin.

»Die Quiche auf die Hand und das Panini und den Cookie einpacken?« ER nickte.

»Und den Kaffee *to go* mit Vollmilch.« ER nickte.

Antje lachte: »Sag doch gleich: ›Wie immer‹!«

Hatte ER etwa gerade gelächelt? Sie stellte den Becher unter den Kolben der Kaffeemaschine, drückte auf Start und ließ gleichzeitig mit einem besonders eleganten Schwung den Riesenkeks in einem Papiertütchen verschwinden.

»Der ist frisch gebacken, heute früh.«

»Oh, toll.«

Doch, ER hatte schon wieder lieb gelächelt. Sie nahm das Panino aus der Vitrine, legte es auf den kleinen Tischgrill und klappte den Deckel herunter.

»Hast du ein neues Hemd? Steht dir gut.«

»Nein, das hab' ich schon lange.«

Jetzt hatte ER nur ein bisschen gelächelt.

Während das Panino getoastet wurde, schnürte sie ihm aus Alufolie, Quiche und einem rechteckigen Pappteller ein mobiles Lunchpaket. Sie schlang noch eine Serviette drumrum und reichte es ihm strahlend über den Tresen:

»Hier, da kannst du schon mal 'reinbeißen. Du hast bestimmt Hunger.«

Jetzt hatte er nicht zu ihr, sondern auf das Essen geschaut. Aber das war normal, wenn man großen Hunger hatte. Sie nahm das Panino vom Grill, schlug es in Butterbrotpapier ein und legte es auf den Tresen. Behutsam drückte sie den Deckel auf den Becher: »Gehst du eigentlich auch gerne zum Fußball?«

Sie sah ihn nicht an, sondern wischte mit einem feuchten Lappen den Tresen.

»Nein, ich steh' nicht so auf Fußball.«

Sie blickte auf: »Das macht dann zusammen elf Euro dreißig.«

Er faltete mühsam einen Zehner aus seinem kleinen Geldbeutel und wühlte im Kleingeldfach nach der richtigen Münze: »Stimmt so.«

Antje lächelte tapfer.

»Meinen Kaffee. Gibst du mir noch meinen Kaffee?«

* * *

Um halb zwei ebbte die Flut jäh ab. Zurück blieben eine geplünderte Vitrine, ein kleiner Stapel Pappbecher, ein fast leerer Servietten-Spender und Marco mit seinem kalten Milchkaffee.

Sie drapierte die übrig gebliebenen Speisen auf einem Tablett. Die leeren Platten trug sie an ihm vorbei in die Küche.

»Das ist gefährlich: ohne Licht und Klingel!«

»Mach dir bloß keine Sorgen um mich.«

Sie füllte die Halter mit Servietten und Bechern auf. Dann griff sie nach einem Lederlappen und Politur, lief außen herum und widmete sich der

Vitrine. Wenn Marco nicht da war, machte sie das erst nach Ladenschluss. Der starrte auf seinen Becher und dachte schon wieder scharf nach, was er sagen könnte. Sie konzentrierte sich voll und ganz auf die Scheibe. Mit kreisenden Bewegungen arbeitete sie sich vor, langsam und ganz systematisch, von links oben nach rechts unten.

Gedankenverloren und ohne sie anzusehen erzählte er: »Zwei Straßen weiter wohnt Frau Hümmler, im Erdgeschoss. Sie ist fast 87. Jeden Tag sagt sie zu mir: ›Hat er schon wieder nicht geschrieben? Ist ja auch schon seit 40 Jahren tot.‹« Antje lachte.

»Jeden Tag sagt sie das. Sie schaut immer dabei zu, wie ich die Post zustelle – als ob sie auf einen ganz wichtigen Brief wartet. Und dann sagt sie diesen Spruch. Jeden Tag.«

»Herr Baumgärtner spricht auch immer von seiner verstorbenen Frau. Alte Leute machen das halt so.«

Er schwieg. Die Stille war ihr unangenehm, also redete sie drauflos: »Herr Baumgärtner ist auch ein Stammkunde. Der sitzt auch immer da, wo du jetzt sitzt, und er trinkt seinen Kaffee immer schwarz. Schwarz wie seine Seele, sagt er immer. Und dann sagt er auch noch, dass ich auch mal ein

Kleid anziehen soll und dass ich mir nicht so viel Zeit lassen soll mit dem Kinderkriegen.«

»Manche kriegen dauernd Briefe und leeren noch nicht mal den Kasten aus. Und andere wie Frau Hümmler kommen mir schon entgegen: ›Hat er schon wieder nicht geschrieben?‹ Auf welchen Brief sie wohl wartet? Vielleicht wäre sie sonst schon lange tot. Wenn sie nicht auf diesen Brief warten würde.«

»Gibt es denn überhaupt noch Briefe? Ich meine, so richtige handgeschriebene Briefe?«

»Schon, aber die meisten Leute kriegen nie welche. In meinem Bezirk sind es immer dieselben zwei, drei Leute, die noch welche bekommen.«

Ein weiteres Mal sprühte sie die Scheibe an. Wieder fing sie oben links an.

Nach einer kurzen Pause fuhr er fort: »Manchmal frage ich mich, ob es viele einsame Menschen gibt, die auf Post warten.«

»Nein. Das geht doch heute alles per Mail oder mit dem Handy. Oder hast du etwa kein Smartphone?«, fragte sie ungläubig.

»Nein, nur ein altes Handy.«

»Schreibst du denn noch Briefe? Ich meine, so richtig mit der Hand?«

»Ich hab' versucht, einer Frau einen Brief zu

schreiben. Hat aber nicht geklappt. Ich kann halt nur Briefe *bringen*.«

Die Scheibe der Vitrine blitzte, aber sie polierte weiter und weiter.

»Du bist aber altmodisch.«

»Ich finde, ein Brief ist wie ein selbst gebackener Kuchen.«

Die Tür öffnete sich und Herr Baumgärtner kam langsam herein, seine Schritte ganz bedächtig setzend. Seine Stimme war jedoch überraschend jugendlich.

»Schönen guten Tag, mein schönes Fräulein! Ich nehm' einen Bohnenkaffee und ein großes Stück Apfelkuchen.«

Herr Baumgärtner ging nach hinten durch. Er war der einzige Gast, den Antje am Tisch bediente. Gleich würde er sich setzen, stöhnend anfangen zu seufzen und – während er seinen Stock an den Tisch lehnte – sofort pausenlos zu reden anfangen. Doch Marco kam ihm zuvor. Er stand auf und verließ fluchtartig das Café. Herrn Baumgärtners tumben Redeschwall ertrug er nicht: Die elenden Floskeln, diese ganzen schlüpfrigen Zweideutigkeiten, das war einfach nur zum Fremdschämen.

»Hab' ich euch zwei Turteltäubchen gestört?«, fragte Herr Baumgärtner und zwinkerte Antje zu.

»Nein, wie kommen Sie denn darauf!«, erwiderte sie und verdrehte die Augen. »Bis bald!«, sagte sie noch beiläufig zu Marco.

* * *

Eine paar Tage später entdeckte Antje eine kleine, runde, etwas rostige Klingel an ihrem Fahrrad. Sie probierte sie aus und war überrascht von ihrem wunderschönen Klang. Sie war überzeugt: Die war bestimmt von Marco. Seit ein paar Tagen war er gar nicht mehr zum Kaffeetrinken gekommen. Das nächste Mal würde sie ihm ein schönes Stück Kuchen spendieren, als Dankeschön. Aber dazu kam es nie.

Es sind die Träume

Es gibt Minuten neben der Zeit, in denen sich Tage, Monate und Jahre wie unter einem Brennglas verdichten, Augenblicke höchster Intensität und Bedeutsamkeit, in denen der ruhige Lebensfluss zu einem Strom anschwillt, über die Ufer tritt und alles fortspült, sagte der Großvater. Und der musste es wissen, schließlich war er in den Krieg gezogen, in den echten Krieg, hatte gekämpft, gehungert und verbrannte Erde hinterlassen. Im Leben des Brandschützers mit Krawatte hatte es eine solche Minute noch nicht gegeben, nicht bis zu dieser Mittagspause.

Ausgangspunkt war die Kantine, und die Kantine war eine einzige Katastrophe. Hackfleischreste mit zerkochtem Gemüse trieben den Brandschützer aus dem geregelten Schoß der Behörde in die Wildnis, zur Metzgerei mit Mittagstisch. Unterwegs gab es brandgefährliche Mängel allenthalben: Der Ausgang zu schmal, die Feuerleiter rostig... Und warum stellte man große Plätze lieber mit Kriegerdenkmälern zu, anstatt die Flächen freizuhalten? Als ob die Bürger keinen Platz bräuchten, um sich im Brandfall in Sicherheit zu bringen! Der Brandschützer mit Krawatte durfte gar nicht darüber nachdenken, was alles passieren könnte. Die Wirklichkeit war unzulänglich. Sie entsprach nicht den Bestimmungen. Von Amts wegen hatte er die Bestimmungen fest im Blick, routinemäßig, immer.

Und dieser Blick, dieser Bestimmungsblick ließ sich normalerweise auch nicht abstellen. Die Behörde führte Krieg, Krieg gegen die Unvernunft. Aber so waren die Menschen: Sie sahen die allzeit drohende Katastrophe nicht, richteten sich in ihrer trügerischen Sicherheit behaglich ein und machten sich in ihrer grenzenlosen Dummheit sogar noch über den Brandschützer lustig, trotz Krawatte. Nein, bei ihm hatte es auch noch nie gebrannt. Aber er wusste allzu gut, dass es jederzeit brennen könnte. Und dass es ausgerechnet dann brennen würde, wenn seine Wachsamkeit nachließ, und sei es nur für eine Minute. Und mit dieser Befürchtung sollte er tatsächlich recht behalten.

Nach dem Krieg hatte der Großvater munter drauflosgebaut, ohne sich um die allgegenwärtige

Feuergefahr zu scheren. Dabei hätte gerade er es eigentlich besser wissen müssen. Und heutzutage sprangen die Bauherren mit dem Brandschützer um wie mit einem Hampelmann. Sollten sie... Sollten die Bauherren ruhig alle verbrennen, es war doch ihre eigene Schuld! Nein, der Feind saß in der Versicherung. Die Gutachter der Versicherungen sahen harmlos aus, in ihren grauen Anzügen, aber es waren knallharte Krieger. Der Krieg fand vor Gericht statt und die Frontlinie verlief quer durch die Unterlagen.

Dem Brandschützer durfte kein einziger Brandschutzmangel entgehen. Die Unterlagen mussten tipptopp sein, damit er vor dem Gesetz bestehen konnte. Würde er nur eine Kleinigkeit übersehen, brächten die Gutachter ihn vor Gericht und zur Strecke. Sie lauerten nur darauf.

Feuer zerstört, reinigt und erneuert. Verbrennen bedeutet Vergehen und Übergang. Leben ist Liebe ist Feuer, sagte der Großvater.

Und auch Fräulein Luzie konnte nicht nur ein Lied davon singen, sondern Dutzende. Sie war eine Frau der Widersprüche und liebte den deutschen Schlager. Fräulein Luzie war natürlich nicht ihr richtiger Name. Sobald sie durch das Online-Dating-Portal trat, verwandelte sich die ebenso kurzhaarige wie lebenslustige Dreißigjährige in das putzige Fräulein Luzie, das wild entschlossen war, nur noch den künftigen Vater ihrer Kinder zu küssen. Gestern hatte sie sich vom Online-Dating abgemeldet, einmal mehr war sie einem Ehemann aufgesessen. Künftig würde das Fräulein Luzie… (welches ja streng genommen gar nicht mehr das Fräulein Luzie war, da sie mit der Abmeldung vom Online-Dating auch diesen Spitznamen abgelegt hatte, wie ein Hollywood-Starlet die Federboa)… künftig würde das Fräulein Luzie in der realen Welt die Augen nach einem Gatten offenhalten, ganz klassisch wie zu Großmutters Zeiten.

Trotzig hielt sie an ihren Träumen fest und saß mutig und alleine an einem der drei kleinen Tische in der Metzgerei mit Mittagstisch. Auf dem Teller mit Goldrand hatte die wohlmeinende Fleischereifachverkäuferin ihr einen Berg Kartoffelsalat aufgetan. Das Fräulein Luzie war zwar nicht die einzige Frau, die von der großen Liebe träumte, aber die einzige Vegetarierin, die in der Metzgerei Mittag machte. Der leckere Waldorfsalat war an diesem Tag leider aus. Aber wenn sie trotzdem brav aufäße, würde ein Wunsch in Erfüllung gehen, hatte die Großmutter gesagt. Als Kind hatte sie sich immer gewünscht, eines Tages eine

Prinzessin zu sein. Und irgendwann musste dieser Traum ja endlich in Erfüllung gehen.

Der Brandschutzbeauftragte hielt die Messingklinke der Metzgerei mit Mittagstisch gedrückt und befand sich gerade auf der Türschwelle, als plötzlich dieser merkwürdige Traum der vergangenen Nacht wieder vor seinen Augen aufleuchtete. Daher übersah er sogar den brandgefährlichen Mangel, die sich nach innen öffnende Tür, denn der kleine Augenblick auf der Schwelle blies sich auf wie ein Luftkissen im Moment der Katastrophe:

Helle Aufregung allenthalben, die Gutachter hatten Feuer gelegt, am Grundbuch züngelten die Flammen und das Gesetz höchstselbst brannte lichterloh. Die Bauherren rannten kopflos über den Platz und trugen rote Melonen. Im Eifer des Gefechts entledigte der Brandschutzbeauftragte sich seiner Krawatte und legte zu Füßen des Kriegerdenkmals ein Wasserreservoir von drei Wannen an. Damit der durch den begrenzten Wasservorrat besonders erschwerte Löschvorgang bestimmungsgemäß durchgeführt werden konnte, übernahm er persönlich das Kommando und erklomm das Krie-

gerdenkmal. Auf seinen Befehl hin formierten sich die Bauherren zu einer schlagkräftigen Einheit in Reih' und Glied.

In Gruppen à fünf Mann schöpften sie mit ihren Melonen Wasser und bekämpften in wohlgeordneter Formation das Flammeninferno. Sodann tauschten sie auf Befehl des Brandschutzbeauftragten ihre roten Melonen gegen schwarze Zylinder, steckten sich flugs Zigarren an und flanierten über den Platz, in heitere Gespräche vertieft, als wenn nichts gewesen wäre.

Seinem entschiedenen Eingreifen und seiner vorausschauenden Planung war es zu verdanken, dass alle Bauherren die roten Melonen gemäß der Brandschutz-Bekleidungs-Richtlinien austauschen konnten. Zuletzt spazierten immer mehr schwarze Zylinder über den Platz, während die Formation der roten Melonen mit dem Flammenmeer dahinschwand. Als er die Gefahr gebannt hatte und vom Kriegerdenkmal herabgestiegen war, sah er die neue Gedenktafel mit der Aufschrift »Dem unbekannten Brandschützer« und eine Frau an seiner Seite.

Aufgewacht war der Brandschutzbeauftragte leider gerade in dem Moment, als er sich der Traumfrau zuwenden wollte. Sobald er jedoch die Tür zur Metzgerei aufgestoßen hatte, erkannte er sie wieder, versteckt hinter einem Berg Kartoffel-salat. Beschwingt von der Hochstimmung sei-nes Traums, lockerte er leichthin die Krawatte, bestellte Schweinelendchen und setzte sich mit einem gewinnenden Lächeln an den Nebentisch. Sie hatte längst jedes Interesse am Kartoffelsalat verloren, denn mehr noch als ein Mann mit Kra-watte reizte das Fräulein Luzie die lässige Geste, mit der dieser sie gelockert hatte. Er eröffnete so-fort das Gespräch und hatte leichtes Spiel.

Als Kind hatte er gedacht, das »Schweine-Länd-chen« wäre ein kleines Land mit eigener Fahne, Hymne und Nationalmannschaft, so ähnlich wie San Marino. Das Fräulein Luzie hingegen be-fiel bei diesem Wort immer Mitleid, weil sie statt Schweine-Lendchen immer »Schwein-Elendchen« las. Die Fahne des »Schweine-Ländchens« hatte er sich rot-weiß vorgestellt, mit einem Schwein an-stelle des Hakenkreuzes. Das Fräulein Luzie ki-cherte. »Schweine im Weltall« kannten beide noch von früher und überhaupt hatten sie wirklich viel gemeinsam.

Das konnte kein Zufall sein, erkannte das Fräu-lein Luzie. Dem Brandschützer war es auf einmal ganz warm geworden. Nonchalant entledigte er sich vollends seiner Krawatte, wechselte die Seiten und wurde selbst zum Brandstifter.

Es sind die Träume, die das Leben ändern, sagte der Großvater.

Darius Hamidzadeh Hamudi wurde 1975 in Wien geboren. Er studierte u. a. Italienisch und Deutsch in Freiburg und Perugia und unterrichtet am Kolleg in Köln.

2017 gründete er die »Zylinderkopf-Dichtung – Menagerie der kleinen Literatur«, die als App und Podcast kostenlos zum Download zur Verfügung steht. Außerdem bloggt er auf www.DariusHH.de.

Zylinderkopf-Dichtung –
Menagerie der kleinen Literatur

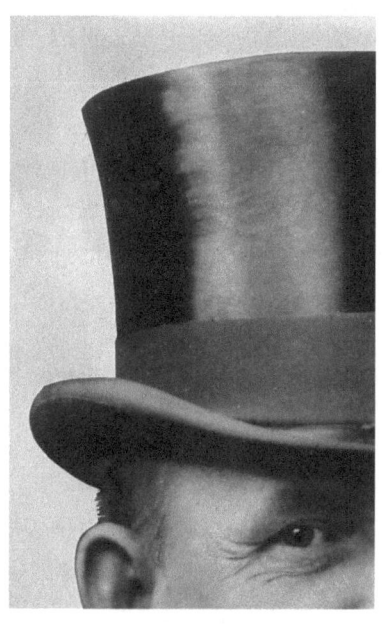

Die Zylinderkopf-Dichtung ist ein literarisches Non-Profit-Projekt, eine Smartphone-App mit Gedichten, Geschichten und kleinen Hörstücken.

Die Zylinderkopf-Dichtung kann kostenfrei in den großen App-Stores heruntergeladen werden. Die Hörstücke gibt es auch als separaten Podcast.

Wer Freude an schönen und ausgewählten literarischen Miniaturen hat oder vielleicht sogar ein kleines Manuskript in der Schublade versteckt hält, ist herzlich eingeladen in die Menagerie der kleinen Literatur.

Demnächst:

Darius H. Hamudi

Auf der sicheren Seite
Bankster-Geschichte

Manderscheid war in Afghanistan, aber das ist schon eine Weile her. Jetzt steht er für die Sicherheit eines internationalen Geldhauses am Fuß eines Bankenturms in Frankfurt. Gefahr droht dem Institut jedoch nicht von außen. Der Trader Raimund ist gelangweilt vom täglichen Klein-Klein. Er träumt vom großen Wurf und geht dabei unfassbare Risiken ein...

Mit von der Partie sind auch die beiden Wachmänner Sinzig und Sedelmayr. Sie haben ihren eigenen Blick auf die Themen Gier, Gerechtigkeit und Verantwortung, die in dieser Bankster-Story literarisch verhandelt werden.

MIX

Papier | Fördert
gute Waldnutzung

FSC® C083411

Zeitfracht Medien GmbH
Ferdinand-Jühlke-Straße 7
99095 Erfurt, Deutschland
produktsicherheit@kolibri360.de